Daß Joachim Ringelnatz ein Seemann war, ist aus seinen Gedichten bekannt. Das Meer, die Schiffe, die Sehnsucht nach der Ferne lassen ihn sein Leben lang nicht mehr los. Und was ein echter Matrose ist, der weiß natürlich auch ein tüchtiges Seemannsgarn zu spinnen. Kuttel Daddeldu, das Alter ego des Dichters, geistert auch durch seine Prosa.

Seine Geschichten sind voller Überraschungen und verrückter Ideen, und keine ist wie die andere. Verschroben und originell – typisch Ringelnatz eben – erzählt er sonderbare Abenteuer, groteske Szenen aus der Halbwelt, authentische Erlebnisse aus seiner Zeit auf See oder Phantasien von schrägstem Humor.

Dieses Buch versammelt die schönsten Geschichten aus dem gesamten Prosawerk von 1896 bis 1934. Sie erzählen von einer wilden Miß vom Ohio, von blinden Passagieren und dressierten Moskitos, von sagenhaften Völkern hoch im Norden und tief im Süden und von Matrosen, die sich immer wieder gerne amüsieren wollen.

Joachim Ringelnatz (Hans Bötticher, 1883-1934) fuhr nach einer verpatzten Schulausbildung aus Abenteuerlust zur See, schlug sich dann in vielerlei Berufen durchs Leben und begann 1909 in der Münchner »Künstlerkneipe Simplizissimus« seine Karriere als Dichter. Seine Prosa umfaßt Erzählungen, Romane, Biographisches und Genrebilder.

Von Joachim Ringelnatz liegt im insel taschenbuch außerdem vor: *Liebesgedichte* (it 3082).

insel taschenbuch 3167
Joachim Ringelnatz
Daddeldus Seemannsgarn

Joachim Ringelnatz
Daddeldus Seemannsgarn

Die schönsten Erzählungen

Ausgewählt von
Günter Stolzenberger
Mit einem Nachwort
von Kurt Tucholsky

Insel Verlag

Umschlagabbildung: Michael Mathias Prechtl.
Joachim Ringelnatz, 1982.
Mit Illustrationen des Autors

insel taschenbuch 3167
Originalausgabe
Erste Auflage 2006

Quellenverzeichnis am Schluß des Bandes
Vertrieb durch den Suhrkamp Taschenbuch Verlag
Umschlag nach Entwürfen von Willy Fleckhaus
Satz: Hümmer GmbH, Waldbüttelbrunn
Druck: Memminger MedienCentrum AG
Printed in Germany
ISBN 3-458-34867-0

1 2 3 4 5 6 – 11 10 09 08 07 06

Inhalt

Charly Brand, ahoi!

In einer kleinen Hamburger Schifferkneipe ging es hoch her. Alle tranken nach Herzenslust, aber nur einer bezahlte. Das war Charly Brand, der heute angemustert hatte und dessen Schiff morgen in aller Frühe in See gehen sollte. Deshalb saß er jetzt noch einmal mit seinen Kameraden bei einigen »Runden« zusammen, und deshalb hielt das Wirtstöchterchen Marie, eine schöne, üppige Blondine, in die er sich seit acht Tagen ganz verschossen hatte, einen großen Blumenstrauß in Händen. Es waren prachtvolle, in der Jahreszeit noch seltene Rosen. Charly Brand selbst kannte ihren Wert gar nicht; er hatte einen recht teuren Strauß verlangt. Was galt ihm das Geld; er hatte ja seinen Monat Vorschuß bekommen. Die andern, die jetzt um ihn herum zechten, halfen ihm den fleißig durchbringen. Sie tranken auf Charlys Gesundheit, auf gute Fahrt, zuletzt auf seine Liebe, die ihre koketten Augen von einem zum andern wandern ließ, und dabei erkundigten sie sich nach Namen, Art und Ziel des Schiffs, auf das er kam.

Es roch stark nach Grog und Navy Cut in der kleinen Wirtschaft. Maries Mutter, die hinter der Tonbank einschenkte, tränten die Augen von dem Tabaksqualm, und Hein Buck meinte, es sei ein Nebel wie auf der Themse. Bei der Tür stand ein ungeheurer Kleidersack, der Charlys ganze Ausrüstung enthielt. Er war bis an den Rand vollgestopft, und ein vorwitziger Seestiefel guckte sogar oben noch bis zur Hälfte heraus, so daß es aussah, als sei ein Mann in den Sack geschnürt. Ein alter Schiffskoch saß jetzt darauf und sang und spielte auf einer Ziehharmonika unaufhörlich das Seemannslied:

Ja, was nützt denn dem Seemann das Geld,
Wenn's ihm schließlich ins Wasser fällt.
Ja, was nützt denn dem Seemann die Braut,
Wenn er sie niemals wieder schaut. – –

Charly erklärte nun, sein neues Schiff wäre eine englische Dreimastbark und hieße Mary Anny. »Kenne ich«, fuhr hier Klaus auf, ein rothaariger, ostfriesischer Matrose, »Mary Anny – schwarz gemalt – fährt brasilianische Küste – bleibt gewöhnlich zwölf Monate weg« – –

»Mary Anny, ahoi!« riefen alle und tranken Charly zu. Dieser war sehr gerührt. Er stieß mit jedem einzelnen an, und dann bestellte er eine neue Runde Grog nebst Zigaretten. Darauf gab er näheren Aufschluß über Takelage, Ladung und Besatzung seines Schiffs, beschrieb die Reise nach Südamerika genauer und stieß auf ein frohes Wiedersehn mit den Freunden an, denen er auch bald ein gutes Schiff wünschte. Auch von seiner mächtigen Liebe zu Marie sprach er, aber das sagte er nur zu ihr selbst, und er gestand es ihr auch nur ganz leise.

Das junge Mädchen hatte ihre Hand in die seine gelegt. Sie blickte ihm zärtlich lauschend in die treuen Augen. »Magst du mich auch wirklich leiden?« hatte er sie schon zum drittenmal gefragt. »Solange ich lebe«, erwiderte sie leidenschaftlich. »Mich ganz allein?« forschte er nochmals und zog ihr blondes Köpfchen mit fast ängstlicher Vorsicht an sich. »Natürlich!«, und sie fing auf einmal an zu weinen, so daß der rauhe Charly Brand, der keine Tränen sehen konnte, sehr erschrak und sie, weil er in seiner Verlegenheit nicht wuße, was er sagen sollte, ungestüm küßte. Dann wurden beide wieder lustig und lachten mit den andern. Alle waren sehr vergnügt und sangen, tranken und stießen wieder die Gläser zusammen, indem sie »Hurra!«, »Charly Brand hoch« und »Mary Anny, ahoi!« schrien. Der Schiffskoch hätte einen Tusch gespielt, aber er war schon betrunken.

Kurz vor zwölf Uhr sagte Hein Buck mit stockender Stimme: »Charly Brand, bist du klar? Es hat Mitternacht geglast. – Du mußt fort. – – Wenn ich dir dein Zeug an Bord schaffen soll – – denn du willst doch lieber deine kleine Zuckerschnute so'n bißchen ins Schlepptau nehmen. –« »Na ja, 's ist gut. Hier hast du eine Mark dafür«, meinte der Angeredete.

Marie hatte bei Hein Bucks Worten den Arm ihres Geliebten fester umschlungen, als wollte sie den Scheidenden mit Gewalt zurückhalten. Charly Brand tröstete sie mit den wenigen, schlichten Worten, die ihm zu Gebot standen. Unterdessen war Hein Buck unter dem Beistand zweier Schiffsjungen aufgestanden. Er steckte kollegial salutierend die Mark in die Tasche, schwang sich mit staunenswert geübtem Griff den Kleidersack auf den Rücken und fiel damit zur Tür hinaus. Die andern lachten. – Charly Brand stand mit

Marie in der Küche. »Willst du mich wirklich begleiten?« fragte er gutmütig. »Aber gewiß, mein lieber, lieber Charly.« Dann trat er wieder in die Gaststube, um den Kameraden und der Wirtin zum letztenmal die Hand zu reichen. Charly Brand schied von den Genossen. »Mary Anny, ahoi!« klang es ihm brausend nach, und draußen wartete wirklich Marie auf ihn; ohne Hut, so wie er es liebte, nur die weiße Schürze hatte sie abgebunden.

»Es ist doch schön, wenn einem die Freunde so nachschreien«, sagte er gerührt zu ihr. Er wollte damit der Freundschaft, nicht dem Gebrüll ein Lob zollen.

»Aber die Liebe ist doch noch viel schöner«, entgegnete sie mit verführerischem Lächeln. Beide küßten sich.

Es ging sich wunderschön auf dem kurzen Weg zum Hafen, zumal wenn man ihn zweimal oder dreimal, auch viermal auf und ab schritt und sich dabei immer küßte.

Endlich hielten die beiden aber doch am Kai; es mußte jetzt sein. Es war eine wunderbare, wenn auch sternenlose Nacht. Sie blickten auf die Elbe, die ihre Wasser plätschernd an die steinerne Kaimauer warf. Ein paar Fischdampfer lagen verlassen am Ufer und rieben sich knarrend aneinander. Von der andern Seite des Wassers her ertönte das schrille Signal eines Nebelhorns, dann war wieder alles still.

Charly Brand wies mit dem Finger stromaufwärts. Dort zeigten sich mitten auf dem Fluß die schwarzen

Umrisse eines Segelschiffs. Das war die Mary Anny. Ein grünes Licht, das dort ausgebracht war, warf seinen Schein in einem zitternden Streifen über das Wasser hin bis zu den beiden Verliebten.

»Damit du mich unter den vielen andern Mädchen, die du siehst, nicht ganz vergißt«, flüsterte Marie und drückte ihm etwas in seine große, hornige Hand. Ein silberner, einfacher Freundschaftsring, den sie sich vom Finger gezogen.

Er paßte ihm natürlich nicht, aber er band ihn ergriffen in sein Schnupftuch. Dann wandte er sich nach dem Wasser, legte die Hand an den Mund und rief mit durchdringender Stimme: »Mary Anny, ahoi!«

Das Mädchen neben ihm schrak zusammen. Sie kannte wohl dieses Seemannsignal, wußte, daß es eine Aufforderung für das angerufene Schiff war, ein Boot herüberzusenden, aber der langgedehnte Ruf, den ihr Charly soeben über die Elbe gesandt hatte, klang ihr so unheimlich, sie wußte selbst nicht, warum. Sie mußte dabei an Sturm und Wellen, an Schiffsuntergang und Seemannstod denken.

Das Zeichen war auf dem Segler verstanden worden. Neben der grünen Lampe leuchtete jetzt ein kleines weißes Licht auf, das unruhig auf und nieder tanzte, bis es sich von dem schwarzen Schiff löste und entfernte. Ein schwarzer Punkt – ein Boot glitt über das Wasser auf das selige Paar zu, das am Ufer sich innig umschlungen hielt. Ach, sie hatten sich ja noch so viel zu erzählen. Sie wollte ihm recht oft schreiben, und er sollte den versprochenen Papagei und das seidene

Tuch nicht vergessen. Er wiederum malte ihr nochmals aus, wie er, wenn er nächstes Jahr zurückkäme, auf die Steuermannschule gehen wollte, wie er sich dann von seinen Ersparnissen einen kleinen Schoner kaufen wolle, wie seine hübsche, kleine Marie dann Frau Kapitän werden würde. – – Er wußte noch viel mehr zu erzählen, aber das Boot der Mary Anny legte gerade an. Charly Brand grüßte den alten, brummbärigen Bootsmann und fragte, ob seine Sachen schon an Bord seien. Der Alte bejahte das mit unfreundlichem Nicken.

Dann küßte Charly Brand das weinende Mädchen noch einmal stürmisch. »Wenn du mich wirklich liebst«, sagte er, »dann warte hier, bis ich an Bord bin, und ruf mir noch ein einziges Mal zu.« Damit stieg er, ohne die Antwort zu hören, ins Boot, wo er sich ans Ruder setzte.

Der Bootsmann stieß ab. Charly Brand schwenkte seine Mütze und sah Marie mit einem Tuch winken, bis die Dunkelheit mit der Entfernung sie nicht mehr erkennen ließ.

Und als er etwas später das Deck seines neuen, schwimmenden Heims betrat, eilte er gleich auf die Back, bog sich weit über die Reling und spähte und lauschte atemlos in die Nacht hinaus. Er konnte seine Marie nicht erkennen. Die Entfernung war zu groß, und es war auch viel zu dunkel. Ob sie wohl rufen würde? Nur ein Möwenschrei, der wie das Wimmern eines Kindes klang, ließ sich hören. Charlys Stirn zog sich in Falten, aber er blieb stehen und horchte weiter, und da auf einmal drang es ganz schwach vom fernen Ufer herüber: »Charly Brand, ahoi!«

Der, dem dieser Ruf galt, war so glücklich. Er hätte am liebsten laut geantwortet, und noch lieber wäre er ins Wasser gesprungen und wieder zurück ans Land geschwommen, aber er war doch ein Seemann, und so ging er hinunter nach dem Achterschiff und meldete sich beim wachthabenden Steuermann.

* * *

In einem Café in Rio Grande do Sul saß Charly Brand mit einem Leichtmatrosen von einem deutschen Dampfer, der erst vor einem Monat Hamburg verlassen hatte. Walter war ein alter Kamerad von Charly Brand. So war dieses zufällige Wiedersehn hier ein doppeltes freudiges, und das wurde nun bei Essen und Trinken lustig gefeiert. Ein Neger gab einen Nationaltanz zum besten, den er mit Gesang begleitete. Dazwischen tauschten Charly Brand und Walter die üblichen Fragen. Wie war die Reise? Wie schaut's in Hamburg aus? Wie geht's dem oder der? Charly erzählte, was er in den acht Monaten, seit er von Deutschland fort war, erlebt hatte, und Walter berichtete Neues von Hamburg, von den Freunden und von seiner Liebe, die er sich jetzt dort angeschafft habe. Er müßte ihr gleich einen Brief schreiben, wie er ihr habe versprechen müssen, sagte er, und ließ sich Papier und Schreibzeug bringen. Unterdessen zog er einen schmutzigen, zusammengefalteten Briefbogen aus seiner Tasche, wickelte sehr behutsam eine Photographie heraus und reichte sie seinem Freund. »Mein stilles Glück«, bemerkte er schwärmerisch. »Nächstes Frühjahr wollen wir vielleicht heiraten.«

»Die Marie aus der Schifferkneipe«, entfuhr es Charly unwillkürlich.

»So, du kennst sie?« fragte Walter, erhielt aber keine Anwort. – –

»Weißt du, Walter«, begann der andere endlich, »ich muß jetzt an Bord, da wir morgen absegeln, aber ich werde auch noch einen Brief an Marie schreiben, und den kannst du dann in deinen mit hineinstecken.« Darauf schrieben beide, während der Neger, den Inhalt der deutschen Worte wohl erratend, ihnen lachend über die Schultern sah.

Charly Brand war zuerst fertig. Er reichte das geschlossene Kuvert seinem Freund Walter hin, der keine Neugierde kannte, zahlte die Zeche für beide, schüttelte seinem Walter herzlich die Hand, wobei er ihm Grüße an die Hamburger Freunde auftrug, und schlenkerte nachdenklich an Bord der Mary Anny.

Sein Brief an die Marie in der »Schifferkneipe« enthielt weiter nichts als den kleinen, silbernen Ring. Dazu hatte er mit großen Buchstaben die Worte geschrieben: Charly Brand, ahoi.

Die wilde Miss vom Ohio

Ich rede von einem jener gott- und menschenverlassenen Eisenbahnpunkte, wo normale Fremde den Verstand verlieren, wenn sie nicht Schlafvirtuosen sind oder ein dichterisches Verständnis für die Poesie der Öde haben. –

Als ich die Tür zur Wartehalle klinkte, flehte ich irgendeine überirdische Macht an, mich nicht in eine Gesellschaft zu lancieren, die über Bierqualitäten, Zufälle im Lotteriespiele oder innere Politik polemisierte.

Es war jedoch nur ein einziger Gast anwesend, eine stattliche Baron-Offizier-Lebemannerscheinung, die mir gleich durch eine kurze Kopfbewegung zu verstehen gab, daß ich mich zu den unsichtbaren Geistern zählen dürfe. Das war ganz nach meinem Sinn, und ich drückte mich selbst in den entferntesten Winkel, gleichfalls ein deutliches N o l i m e t a n g e r e in meine Züge legend.

Der Herr »Ober« bemühte sich, meine schlechte Stimmung auf den nervösesten Punkt zu schrauben, durch allerhand Schikanen, die ich in vier Humoresken und einer Tragödie zu verwenden gedenke. Dann allmählich schlief er am Zeitungsständer ein. Und nun war es still in der leeren Halle. Nur ein melancholischer Landregen nässelte an den Fensterscheiben.

Der Baronartige starrte regungslos auf eine Flasche Burgunder. Ich hatte das Gefühl, daß ich ohne seine Gegenwart ein stimmungsvolles Gedicht verfassen könnte. Die Hände vor die Augen pressend, um ihn nicht mehr zu sehen, gewahrte ich durch die Fingerspalten, daß er energische und eigentlich mehr zielbewußte als blasierte Gesichtslinien hatte, daß eine breite Narbe an seiner Schläfe nicht übel wirkte und daß er einen pompösen, exotischen Ring trug.

Die Einsamkeit ist die Treppe zum Gedankenkeller. Sie ist selbstverständlich wertlos für denjenigen, der unten nichts auf Lager hat. Wer aber sein Fäßchen oder gar Fässer, Tonnen dort liegen weiß – meistens die, welche oben nur wenig verzapfen –, dem fällt es nicht schwer, die Stunden in dieser erfrischend kühlen Tiefe totzuschlagen.

Auch ich wollte mein Fläschchen Spiritus heraufholen, um damit den eingebornen Zeltinger zu veredeln, den mir das Bahnhofsrestaurant zu Kriegspreisen aufgetischt hatte.

Der Baron war wirklich im Grunde ein recht sympathischer Mann. Er schien ebenfalls trübseliger Laune zu sein und saß noch immer wie ich über sein Glas gebeugt – Zigarrenrauch und Asche studierend.

Da öffnete sich die Türe. Ein älterer, wettergebräunter Dritter im Jagdkostüm blieb einen Moment auf der Schwelle stehen.

Der Baron bemerkte ihm sofort durch eine kurze Kopfbewegung, daß er sich zu den unsichtbaren Geistern zählen dürfe, und ich legte ein deutliches Noli me tangere in meine Züge. Der Jäger aber bediente sich einer noch überlegeneren Sprache. Er sah sich weder nach dem Baron noch nach mir um, sondern plazierte sich mit geometrischer Geschicklichkeit so, daß er uns beiden gleichzeitig den Rücken zudrehte. Die schikanöse Einleitung des Kellners kürzte er dadurch ab, daß er ihn sehr bald mit Kamel anredete.

Ich fühlte mein Dichtermilieu durch einen struppigen Bart, verwegen rollende Augen und eine lokomotivierende Meerschaumpfeife erheblich gestört.

Erst als der wilde Mann mit einem Glas heißer Milch gestillt war und das dienstbare Kamel seine Journal-Ecke wieder eingenommen, trat der Status quo ein. Dieses Verhältnis nahm mit der Zeit einen ganz friedlichen Charakter an. Es war, als hätten wir ein stilles Abkommen getroffen, einander rücksichtsvoll zu ignorieren.

Der Ofen begann wie in einer Anwandlung von Mitleid geheimnisvoll zu knistern. In tiefes Sinnen versunken, rührten wir uns nicht. Nur wenn der Kellner seine Beinstellung wechselte, hoben sich für einen Moment drei müde Häupter. Dann war alles tot.

An was denkt man in solcher Situation wohl? – – –

Das wird immer individuell sein. Ich z. B. dachte – – ach nein, das ist ganz gleichgültig.

Jedenfalls wurde die Ruhe plötzlich unterbrochen. Es war die seltsame Melodie eines mir unbekannten Liedes, halblaut durch die Zähne gesummt. Ich warf dem Jäger einen vorwurfsvollen Blick zu und beobachtete dann, wie der Baron sich verhielt.

Er hatte gleich mir den Kopf erhoben und außerdem eine Zeitung ergriffen, aber ich bemerkte, daß er hinter derselben neugierig den Jäger fixierte. Gleich darauf legte er das Blatt beiseite, leerte sein Glas mit einem nervösen Schluck, trommelte mit den Fingern auf das Tischtuch und stimmte leise pfeifend in das Lied, dasselbe Lied ein.

Nun sah auch der wilde Mann auf und schwieg. Der Baron schwieg gleichfalls. Es kam mir vor, als sei ein kleines Vorpostengefecht beendet.

Plötzlich erhob sich der Burgunderherr, trat mit ungezwungen vornehmer Haltung an den Jäger heran und sagte: »Mein Herr, erlauben Sie mir die Frage: Waren Sie je am Ohio?«

»Ja«, erwiderte der andere erstaunt.

»Und Sie kennen die wilde Miß vom Ohio?«

»The wild Miss? – – –« Etwas wie ein wehmütig-glückliches Lächeln fuhr über das harte Jägergesicht. Er hielt dem Frager seine kräftige Rechte hin und dann gab's einen Handschlag, den ich im Leben nicht wieder vergessen werde. Und nun rückten die beiden zusammen, und der Kellner wurde aus seinem Presseschlummer gejagt, um Sekt und Zigarren zu bringen, und dann begannen die beiden zu fragen, zu erzählen, und dazwischen stießen sie so feurig die Gläser zusammen, daß der Kellner jedesmal zusammenfuhr.

Ich verstand kein Wort weiter von dem, was da besprochen wurde, aber ich glaubte den Inhalt zu erraten und das Herz ward mir dabei weit, als sei ich berauscht.

Es mußte eine köstliche, interessante Erzählung sein – aus dem Leben dieser Männer und das Lied, woran sich beide erkannt hatten, sowie die wilde Miß vom Ohio mußten irgendeine romantische Rolle darin spielen. Leidenschaftliche, gefährlich-schöne, vielleicht teilweise sehr traurige Erlebnisse.

Ich sah ein einsames Licht aus dem nachtdunklen Ufergebüsch des Ohios blinken. Die wilde Miß stand vor mir, eine herrliche, heißblütige Kreolin mit tiefschwarzen, verführerischen Augen, und ich wob einen spannenden und ergreifenden Roman um sie. – –

Die Augen der Erzähler leuchteten begeistert, ihr Sekt schäumte und der Zigarrenrauch umlagerte sie, wie Nebelwolken, den kühlen, schwarzen Fluten des Ohios entstiegen. Ich aber saß einsam in meiner Ecke und spürte eine so gewaltige Sehnsucht danach, auch Anteil an diesen bewegten Erinnerungen zu haben und hinzugehen, um zu sagen: Meine Herren, auch ich kenne das Lied, den Ohio und die wilde Miß. Darf ich mich zu euch setzen? – –

Glückliche, beneidenswerte Weltmenschen! –

Noch nie hatte ich ein Alleinsein so bitter empfunden wie in dieser Stunde. Ich faßte den Entschluß, mir auch ohne Belege als Zuhörer einen Platz bei den beiden zu erbitten.

Da pfiff etwas. Ein Zischen – ein Rollen – – der Zug lief ein – –

Ich habe weder den Jäger noch den Baron wiedergesehen. Die Geschichte der wilden Miß vom Ohio habe ich nie erfahren, aber wenn ich mich ihres Titels erinnere, habe ich eine häßliche, drückende Empfindung.

Es ist das Gefühl des Unbefriedigtseins. Etwa wie

wenn man während einer spannenden Lektüre nach der weggelegten Zigarre greift und plötzlich merkt, daß diese auf unerklärliche Weise abhanden gekommen. – –

Nein, es ist ein ganz anderes, viel tieferes, trüberes Gefühl.

»Nein, zur Abwechslung«, erwiderte der Stückmeister, »du solltest eine Seemannskneipe kennenlernen. Ich dachte ein paar schwerhinwandelnde, tolle Janmaate anzutreffen, deren Gesichtshaut in Sonne, Salz und Wind zu Krokodilsleder verschrumpft ist, old sailors, die durch zwei, drei Jahrzehnte round the world gegangen sind.«

Die Dame mit den fünf Leberfleckchen am Halse unterbrach den Deckoffizier: »Es fehlte dir außerdem heute an Geld. Du glaubtest in diesem Wirtshaus billiger davonzukommen als in den noblen Cafés, wo wir bisher unsere gemeinsamen Abende verbrachten. Ei, Rolf, dein Erröten in diesem Augenblicke mag cum grano salis gelten. – Nun erklärt sich mir auch, weshalb du so mißmutig dreinschaust.«

»Ja, auch das war einer von meinen Gründen. Aber vor allem bin ich durch diese schäbige Kneipe enttäuscht und vor dir beschämt. Ich hatte gebeten, du möchtest heute abend Tabakrauch, Schnapsgeruch, Lärm und unanständige Lieder mit in den Kauf nehmen, um einmal in das naiv rohe, grotesk verbildete, hausbacken kosmopolitische Leben der Seefahrer zu horchen. Doch nun ist weder vom einen noch vom andern etwas zu spüren. Denn diesen Mehlsäcken dort am Tisch muß das Maul vernäht sein; sie glotzen uns an, als wären wir aus Himbeersaft geschnitzt. – Komm, mein Liebling, laß uns weiterziehen.«

»Nein, Rolf, mir gefallen deine Mariner. Es sind imposante oder amüsierende Männer dazwischen, zum Beispiel der griesgrämige Alte, dessen Glatze wie Afrika aussieht. – Welche schöne Kraft spricht aus ihren Händen, welche Einfachheit der Seele aus ihren Tätowierungen.«

Acht Matrosen und Heizer lümmelten sich am großen Kreistisch. Einige meinten ihrer salopp gehaltenen, schmutzigen Dienstuniform gemäß eine herausfordernd ordinäre Miene aufsetzen zu müssen. Andere, im Urlaubsanzug, mit jener gewissenhaften Regelmäßigkeit gekleidet und frisiert, welche die Bauern des Sonntags beobachten, vergaßen ihre Blicke zurückzuziehen, die sie an den Stückmeister und die zierliche, vornehme Dame gehängt hatten.

Beinahe störend selten und dann im Flüsterton fiel eine Bemerkung, und einige simple Übungen in partieller Selbstreinigung vollzogen sich geräuschlos. Dem Bier ward so verzögert und mäßig zugesprochen, daß die dicke Wirtin, die nicht minder schläfrig hinterm Büfett Gläser spülte, vorwurfsgrimmige Blicke auf die Blauen entsandte, was denn, allerdings aus abweichenden Ursachen, auch Herr Bindebein tat. Eine unter der Decke pendelnde Fischmißgeburt erbrach aus gräßlichem Rachen ein traniges Licht in die Wirtsstube, wo kein Gegenstand, weder die Möbel, die Tapete oder die Ziehharmonika noch die ausgestopften Vögel und Pelztiere an den Wänden, sich zu einer bestimmbaren Farbe bekannten. Und weil die Mißgeburt sich wie ebenfalls gelangweilt hin und her drehte, blieben alle Schatten in nervöser Unruhe. Über der

Tür prangte in einem Glaskasten eine stattliche Viermastbark, bis in die niedlichsten Details ausgearbeitet und freundlich bemalt; die getönte Rückwand des Kastens gab ihr den Hintergrund, einen kobaltblauen Himmel.

»Fische auf dem Trocknen«, murmelte Herr Bindebein verdrossen, und dann fuhr er laut zu seiner Braut fort: »Der Seemann an Land, wenn er sich nicht unter seinesgleichen weiß, blamiert sich immer. Ungeschickt, unmanierlich, zügellos, brutal benimmt er sich, verlogen, läppisch oder schamlos.«

»Aber seine harten und einsamen Pflichten auf dem Meere«, entgegnete Muky warm, »heischen viel Vergeben.«

»Wache um Wache. Arbeit, Essen, Schlaf; freilich, solche Monotonie läßt vertieren.«

»Rolf, erzähltest du mir nie aus deinen Seefahrtsjahren von den ungewöhnlichsten, Mut und Geistesgegenwart fordernden Erlebnissen, von mannigfachen Momenten, da sich einem das Herz zusammenschnüre, und von lange währenden, frostigen, nüchternen Gefahren? Du sprachst von zusammenstürzenden und emporstoßenden Wassergebirgen, vom Tanz auf einer pfeilschnell abrollenden, donnernden Ankerkette. Und diese weit zurückgelegenen Jahre hast du wie Begebenheiten und Zustände von tags zuvor geschildert mit der fortreißenden Kraft tiefsten Ergriffenseins.«

»Es ist wahr, Muky«, der Stückmeister legte seine Hand auf ihr Knie, »diese Zeiten rührten mein Innerstes auf. Nun hat mich der Krieg aus dem stilleren Beamtenstand unversehens (und, gebe Gott, für nicht mehr allzulange Dauer) wieder in ein Stück Seemannstum gesetzt. Aber es hätte nicht erst dessen bedurft, um mich immer von neuem dankbar empfinden zu lassen, daß ich der Nachtwachen in vereisten Mastkörben ledig bin und der Streitigkeiten mit zehn, fünfzehn einzigen, niedrigen, beschränktesten Seelen, inmitten der chaotischen Trostlosigkeit der Hochsee. Wenn mich jemals schlimme Träume foltern, so vollzieht sich das nie anders, als daß sie mich entweder in meine Schulzeit oder eben in jene Jahre der Seefahrt einsperren.« –

Neue Gäste, ebenfalls Mariner, traten auf. Herr Bindebein erklärte ihre Charge, ihre Funktion. »Der aufgedunsene Matrose ist ein Taucher.« Ferner: ein Koch von einem Torpedoboot und ein aktiver Funker, der sich bei der Flotte einen Tropenkoller angelegt hat. Diese Neuen blieben zur gegenseitigen Bequemlichkeit vor der Wirtin, am Schanktisch, stehen. Dort versuchten sie mit ihrer noch gelinden Bezechtheit zu theatern. Der Funker gab so laut, als gälte es gegen einen Taifun anzusprechen, die Erinnerung zum besten, wie er einmal im Rausch zwei Tuben verwechselt und sich die Zähne mit Sardellenbutter anstatt mit Pebecco geputzt habe. Der Taucher trat überzeugender als Freßvirtuose auf; er verzehrte fünf Neunaugen mit Haut und Haar und verschluckte, als ihm solches Beifall einbrachte, noch obendrein Bindfaden und Zündhölzer. Im Vorübergehen hatte nur der Funker vor dem Deckoffizier salutiert. Diesem entging es nicht, wie seine Braut durch solche Ehrenbezeugung für den jungen Mann eingenommen wurde, und er äußerte lächelnd: »In dem steckt vermutlich ein anständiger Mensch, ein guter Soldat und ein schlechter Seemann. Denn die echtesten Kauffahrteier, jene, die mit einem Prim zur Koje gehen und ein Lot Petroleum nicht aus der Suppe herausschmecken, die nehmen es mit dem Militärischen nicht so genau, und man sieht's ihnen nach. Die Vielseitigkeit des Schiffsdienstes und die Verantwortlichkeit des einzelnen dabei bringen es mit sich, daß auf See oft der Soldat hinter den Seemann zurücktritt, zuweilen sogar über diesem in Vergessenheit gerät.« –

Ein stolzes Schiff am Bollwerk lag.
Ein junger Matrose zum Mädchen sprach:
»Ei, wohin denn, du stolze Kleine?
Du sollst heute nacht meine Beischläfrin sein,
Denn ich schlafe so ganz alleine.«

»Deine Beischläfrin sein, das kann ich nicht.
Meine Mutter hat mich ausgeschickt.
Einen Taler hat sie mir gegeben,
Ich soll einkaufen, was zum Haushalt nötig ist,
Und soll gleich wiederkehren.«

Er nahm das Mädchen an seiner Hand
Und führte sie an des Schiffes Rand.
Und sie schliefen so fröhlich beisammen,

Bis daß der helle Tag anbrach,
Und der Steuermann kam gegangen.

Auf, auf, Matrosen! Der Wind steht gut ...

Die am Schanktisch brüllten das Lied. Am großen Tisch fiel ein Matrose ein, dem die halbe Nase fehlte. Herr Bindebein zog die Uhr. »Wollen wir nicht aufbrechen?«

Die Dame mit den Leberfleckchen griff, statt zu antworten, stumm fragend nach einer goldenen Kugel, die mit ebensolcher Schnur an die Uhrkette geknüpft war.

»Ein Talisman. Kapitän Ramox schenkte ihn mir. Er sagte: Wenn ich einmal im tiefsten Herzbunker einen Wunsch hätte, dann möchte ich nur dies Appendix über Stag gehen lassen, d.h. beseitigen, und mein Wunsch werde sich alsbald erfüllen.« Herr Bindebein zerlegte die Kugel mittels einer fein versteckten Mechanik in mehrere kantige Glieder, deren jedes zierlich gravierte, hermetische Zeichen aufwies. »Ramox war ein abergläubiger, ostfriesischer Schipper, rotbärtig und sparsam, auf dem Wasser zu Hause, gottesfürchtig und fluchte wie zwanzig Spanier mal dreißig Türken. Aber ein ganzer Kerl. Und solche Kerle, Muky, mögen auch unter diesen stumpfen und stieren Burschen sein, es käme nur darauf an, sie herauszulokken. O, man muß sie belauschen, wenn sie günstig beisammen sind und von ihren Reisen berichten. Dann wachsen die Palmen vor einem aus der Tischplatte, und man hört den Mississippi rauschen. Erzitternd sieht man den nächtlichen Umrissen eines treibenden Eisberges entgegen, oder man klammert sich unwillkürlich, fiebernd an die Unterkanten des Stuhles über der Schilderung eines exotischen Nackttanzes. Da man doch zur gleichen Zeit über die komischsten Prellereien, Prügelszenen und Schmuggelgeschichten, noch mehr über die Art und Weise, wie sie vorgetragen werden, herzlich lacht.«

Muky strich mit den Fingern durch Rolfs Haar. »Ein wenig hängst du noch an dem, was Seefahrt heißt und angeht?«

»Ja! Manchmal packt mich eine feuchte Sehnsucht; so, wenn ich ein Seilergeschäft betrete und auf einmal den Duft von Hanf, Manila oder Braunteer einatme. – Hallo, noch zwei Grog, Frau Wirtin!« –

Mittlerweile waren auch die Leute am Kreistisch in ein beständiges, allerdings sehr unerquickliches Gespräch gekommen, das alle Übelstände des Krieges herauszerrte und kleinlich beleuchtete, über gesteigerte Lebensmittelpreise, über Tote, Verwundete und Vermißte klagte, ohne den gewaltigen deutschen Erfolgen gerecht zu werden. Nun waren Rolf und seine Braut in die Rolle der schweigsamen Zuhörer verfallen. – Krieg, – Krieg –. Und nimmer Friede.

Der widerliche Geruch des Grogs verbreitete sich. Die Tabaksschwaden blieben wenig über Mannshöhe in der Luft stehen.

Es gingen Gäste, und neue traten ein, darunter auch Zivilisten, Werftarbeiter, deren einer die Neuigkeit verteilte: Simon Fels sei gestorben. Muky wollte ihren zusehends in Mißlaune zurücksinkenden Bräutigam zerstreuen. Sie sagte: »Simon Fels war der Werftdirektor. Eine jener genialen, rührigen und zielbewußt rücksichtslosen Naturen, die in irgendein Unternehmen gesetzt, ganz gleich, ob es ein Restaurant, eine Fabrik oder ein Staatswesen sei, unfehlbar eines Tages an die Spitze gelangen und von da ab das Unternehmen emporbringen. Just so, wie ein Stein, den man an einem Band befestigt und mit diesem zusammen in die Luft wirft, alsbald das in seine leitende Gewalt bringen und weiterführen wird. Dieser Fels fing als Kesselklopfer an und zuletzt – –«

»O ich kenne Simon Felsens Werdegang. Seine Verdienste in diesem Kriege wird man schwerlich überschätzen.« Nach einer Weile fügte Herr Bindebein, ohne aufzusehen, hinzu: »Ich kann mir sein Ende vorstellen. In einem Lehnstuhl, in einem sehr hohen, mit Panzerschiffsmodellen und prächtigen Palmen schwer und vornehm geschmückten Saal – – und die Familie sowie einige feierlich gekleidete Herren sind versammelt. Im letzten Kampf, als dem fiebernden Greis schon die Sprache schwindet, richtet er sich auf und bewegt die Arme, als ob er mit gewaltigen Händen etwas formen, etwas Kolossales, Massiges zusammenballen wolle. Dann kommt noch ein letztes Stammeln von seinen Lippen: ›Eisen – – viel Eisen.‹ Und das letzte Bulletin geht in die Welt. – – Muky, das ist das große Sterben.« Wieder blieb der Stückmeister eine Weile sinnend.

»Denke dir: als ich gestern abend meine Wohnung verlasse, begegne ich auf der Treppe zwei streitenden Weibern und fange gerade auf, wie die eine sich verteidigend ungefähr folgendes sagte: ›Jedermann weiß, wie pünktlich ich sonst die Wäsche erledigt habe. Aber diesmal war ich lange bei meiner Schwägerin; da ist die elfjährige Tochter gestorben und …‹ ›So?‹, höre ich das andere Weib fragen. ›Woran denn? …‹ ›An Gehirnentzündung; sie hat acht Tage lang mit dem Tode gerungen …‹ Darauf schwatzten die beiden weiter von ihrer Wäsche. Aber seitdem muß ich gar oft an das elfjährige, bleiche Mädchen denken, an das stille Leiden und Entschlafen, das vor dem Weltenwaffenlärm unbeachtet sich bei Tagelöhnern in der Vorstadt vollzieht – abseits.«

Die junge Dame nickte ergriffen. »Das ist das kleine Sterben«, sagte sie endlich.

»Ja, ja.«

»Ja. – Eine traurige, niedrige, armselige, verlogene Zeit herrscht in der Welt.«

Rolf summte vor sich hin: »Auf, auf, Matrosen, der Wind steht gut«, und als er sich dessen bewußt ward, brach er die Melodie rasch ab und deutete auf den Glaskasten über der Tür: »Weißt du wohl, Liebling, was ich jetzt möchte? Mit dir auf dieser Viermastbark – mit vollen Lappen, wie sie dort fährt – davonsegeln, weit, weit hinaus aus all dem Kriegsjammer in die alles lösende, friedliche Ferne, wo die Seeleute ihre glückliche Zeit haben, weil vor dem ruhigen Atem des Passates die Schiffe beinahe keiner Aufsicht mehr bedürfen; in die lichte Abgeschiedenheit, wo sich der tropische Atlantik in feierlichen, saphirblauen Schollen wiegt und von oben ein gütiger Himmel aus unzähligen blauen Augen auf uns herablächelt; wo über den elementarsten Wonnen kein Wunsch mehr bleibt.« Herr Bindebein sprang plötzlich energisch auf, bat seine Braut, ihn für Minuten zu beurlauben, und verließ, der Wirtin heimlich zuwinkend, ohne Mütze das Lokal.

Obschon Muky erfahrungsgemäß irgendeine liebenswürdige Torheit ihres Geliebten befürchtete, war sie doch alsbald entschlossen, eine solche mit- und möglichst wiedergutzumachen. Befriedigt darüber, ihren Bräutigam froh zu wissen, wandte sie sich während dessen Abwesenheit behaglich wieder der übrigen Marinegesellschaft zu, der sie mit frauenhafter Unauffälligkeit und Schärfe bereits genügend zugehört und zugesehen hatte, um an der Weiterentwicklung Interesse zu nehmen.

Der Taucher und seine Kumpane hatten sich zu den Seeleuten am Kreistisch gesellt und denen ein Teil von ihrer weitgediehenen Betrunkenheit aufsuggeriert und eine gewisse Lebhaftigkeit entzündet. Da fingen sich aus einer an sich schwer verständlichen Sprache, die mit imponierender Dreistigkeit vom deutschen Platt bald hierhin, bald dorthin ins Fremdländische griff, allerlei Bezeichnungen in Mukys Ohr, mit denen sie wenig anzufangen wußte, wie Hellegatt, Taljereepen oder »Von Ida Grün in Dwarslinie aufrücken«. Aber die aus Liebe aufmerksame Dame wurde dadurch doch dem wirklichen Bilde der Seefahrt um ein beträchtliches näher gebracht. Und weil sie ihren wohlerzogenen Schwärmer Rolf damit in Gedankenverbindung brachte, ward auch sie zunehmend trübsinniger.

Nun erschien er wieder, der Stückmeister, zugleich mit der Wirtin, beide schwer bepackt. Sie hasteten in gläserner Angst auf den großen Tisch zu, um dort eine Anzahl Flaschen, einen umfangreichen Kupferkessel, zwei gewichtige Stücke Hutzucker und eine blanke Ofenzange abzuladen.

Jetzt hielten es die Matrosen und Heizer doch für geraten, vor dem Deckoffizier eine militärische Haltung anzunehmen.

»Never mind that! Heute sind wir auf du und du, vor dem Mast, das heißt, diese Dame ausgenommen; sie ist eine Prinzessin. Wir laden euch ein. Wer etwas Savi von einer Feuerzangenbowle hat, der helfe sie brauen und lensen. – Komm heran, Muky. Laß uns diese Nachtung bis zur Neige auskosten; wir haben uns heute auf dem Elegischen festgefahren. Wollen wieder flott werden. – Heda, ein bißchen fixer, Boys! Man merkt doch gleich, daß ihr keine echten sailors seid. Wäret ihr jemals über die Linie gekommen – –«

Der Mann mit Afrika auf dem Kopf wandte sich gekränkt nach Herrn Bindebein um, und, dem angebotenen Du nicht recht trauend, zischte er giftig: »Ick glöw, Herr Stückmeister swapperten noch in witten Büxen ümmer, as ik all teihnmal ümme Hoorn seihlt wier.«

Die andern Matrosen und Heizer unterstützten ihren Kameraden lachend und spottend, dabei halfen sie aber eifrigst die Fürknieptangbowle fördern. Das Kupferbecken wurde zu zwei Dritteln mit Rotwein gefüllt, auf die quer darübergelegte Zange eins von den Zuckerstückchen gesetzt und dieses mit Jamaika begossen, dann angezündet.

Ein langer, nur durch einen Ohrring auffallender Mann knipste das elektrische Licht ab und rief heiser: »Herr Stückmeister, Se hämm dat hier nich mit Schippsjungens tau dauhn!« Zum Erstaunen wie zur Besorgnis seiner Braut fuhr indes Herr Bindebein fort, die Leute durch Beleidigungen aufzureizen. »Was seid ihr denn anders? Süßwasserjungen, die keinen Langspliß zuwege bringen, keine Logleine aufschießen und eine Backspiere nicht von einer Handspake unterscheiden können.« –

Bläulich beleuchtete, zornige Gesichter schauten abwechselnd bald drohend nach dem Deckoffizier, bald neugierig auf den Zucker, der in flammenden Tropfen herabschmolz, aufzischend in der blutfarbenen Flüssigkeit unterging.

Zwei Heizer stahlen sich davon, um eventuellen Tätlichkeiten auszuweichen. Aber Rolf Bindebein lenkte rechtzeitig zum Guten ein: »Skol, Jungens! Ich wollte nur erst mal die Lage peilen. Nun, ihr seid ehrliche Fahrensleute. Sakramento, pumpt euch die Klüsen voll.«

»Prosit Janmaate!« schrie Muky. Da klangen die Gläser.

»Sie sind alle schon einmal bei Wera Iwanowna in

Odessa zu Gast gewesen, Muky. Sie segeln nach Melbourne, wie du nach dem Briefkasten läufst. – Das ist recht, Schmut, give us a song!«

Der Torpedokoch nahm die Ziehharmonika auf den Schoß: »Yankeeships come down the river –«

»Was haben Sie da für einen seltsamen Goldring?«

»Das ist ein Afrikaner, Fräulein Prinzessin, – – bitte. Ich schenke Sie den Ring.«

»Der alte Ramox, Muky –«

»Ramox?« fuhr der Halbnäsige auf, »Kapitän Ramox? Mit dem bin ich acht Monate Chinaküste gefahren. Das war einer. Wenn böses Wetter aufkam, dann stülpte er seinen riesigen Kalabreser auf und ging selbst ans Ruder. Dann fegte der Wind den Kalabreser über Bord; und Ramox ließ beidrehen und lavierte bei Tod-und-Teufel-See so lange hin und her, bis der schäbige Filzdeckel wieder aufgepickt war.« –

Es baute sich eine Einmütigkeit zusammen, die ihresgleichen suchen mochte. Jeder meinte ersticken zu müssen, wenn er einmal länger als eine Minute nicht zu Worte kam. An das traurige Samoalied reihte man ohne Pause den lächerlichen Negertanz Just because you made them googoo eyes.

Als das zweite Stück Zucker seine Sternschnuppen in frische Weinmengen träufelte, rauchte Muky eine abscheuliche Pfeife aus dem Munde des täppisch karessierenden Tauchers zu Ende.

Später zog der griesgrämige Alte ohne jegliche Veranlassung und Vernunft seine Seestiefel aus und schleuderte sie schweigend aus dem Fenster.

Draußen hub gerade die Turmuhr zu schlagen an. »Zwölf Uhr«, sagte Rolf und langte zwecks Kontrolle seine Uhr hervor, an deren Kette kein Appendix mehr hing.

»Nein, acht Glasen«, sagte der Funker ernst und horchte. Die sonderbare Wahrnehmung, daß die Kirchuhr in der Tat diesmal vier Doppelschläge tönen ließ, verursachte eine vorübergehende Bestürzung. Muky am Klavier: Auf, Matrosen, die Anker gelichtet ...

Der Halbnäsige hob, ohne auf das Gezeter der Wirtin zu achten, den Glaskasten von der Wand herab und stellte ihn mitten auf den Fußboden so heftig nieder, daß die gläsernen Wände in Scherben auseinanderbrachen.

Hierauf – und ausdrücklich bemerkt: in der vierten Minute des 29. Novembers 1915 – geschah es, daß die kleine Viermastbark sich zu dehnen begann, daß sie nach wenigen Sekunden die Größe einer Badewanne und in noch mal soviel Zeit den Umfang einer Dampfpinasse erreichte.

»Alle Mann an Bord!« Es entstand eine Panik. Angstlaute, Pfiffe, Kommandos, gegenseitiges Aneinanderprallen – die Wirtin schrie nach Bezahlung. Aber die meisten Seeleute stürzten zunächst in ein und demselben Gedanken zum Klavier: Muky. Sie trugen das mutig lächelnde Mädchen trotz der drängenden Gefahr behutsamst auf den Segler. Dann schifften sie sich selbst ein; und jeder begab sich wie verabredet auf einen besonderen Posten, an die Brassen, in die Wanten hoch, auf Ausguck, ans Ruder, der Torpedokoch in die Kombüse, Herr Bindebein – Kapitän Bindebein aufs Achterdeck.

Unterdessen wuchs die Bark weiter in die Länge, Höhe und Breite, die Stühle, die beladenen Tische mit Getöse umkippend und beiseite schiebend. Schon stießen die Masten in die Decke, daß Kalkstücke herabprasselten. Der Besan hatte die Mißgeburt gespießt. Jetzt zerbrachen die schwellenden Schiffsplanken das Möblement an den Stubenwänden und preßten die dicke, quietschende Wirtin fest, platt. Ein Zivilist entging nur knapp dem gleichen Schicksal, indem er noch im kritischsten Moment aus der Tür schlüpfte. Als diese aufgerissen ward, brach ein ungeheurer Windstoß herein und ließ die Segel knattern, bis sie sich auf einmal zum Bersten voll steiften. Das Schiff kam in Fahrt. Die Raanocken zertrümmerten vorbeistreifend Fenster, Spiegel und Bilder und hauten die ausgestopften Tiere von den Wänden. So rammte der Viermaster wuchtig die nächste Wand ein, daß die Ziegel geborsten auseinanderstoben, schoß quer über den Kirchplatz, auf der anderen Seite wieder in ein Haus hinein und durch dasselbe hindurch, nur einen Schutthaufen zurücklassend, und schlitterte nun die grausam gepflasterte John-Brinkmann-Straße längs, wo der letzte Werftarbeiter, den man mitleidig mit an Deck gezogen hatte, verzweifelt seekrank wurde und kopfan über die Reling sprang. »Südwest zum Westen!«

»Heiß Großstengstagseil!« – »Zwei Strich Backbord!« – »Ahoi!«

Das rasende Schiff überrannte schreiende Menschen

und durchgehende Pferde, teilte zermalmend eine Marschkolonne wahnsinnig erschrockener Trainsoldaten, jumpte über die Kaimauer platschend ins Wasser und lief nun mit verdoppelter Geschwindigkeit aus dem Hafen. Lief rücksichtslos, frech an signalisierenden oder schießenden Wachtschiffen vorbei, durchbrach unbeschadet ein entsetzlich krachendes Minenfeld und sonstige Hafensperren, jagte – immer mit vollen Segeln – quer durch eine Seeschlacht und von dannen, weit fort in die warme, blaue Ferne des Hochatlantiks, wohin kein Kanonendonner reicht und wo wir alle einmal gewesen sind, in den süßesten Stunden unbewußter Kindheit.

Dort saß nun die Dame mit den fünf Leberfleckchen auf einem Teppich auf dem Achterdeck in der milden Sonne, und weil die Matrosen es nicht zuließen, daß ihre feinen Hände irgendwelche Schiffsarbeit anrührten, sie jedoch nicht müßig bleiben wollte, so zog sie ein Strickzeug hervor, um Strümpfe für die Seeleute zu fertigen. Rolf aber nahm ihr im Vorbeigehen die Wolle fort, und indem er diese ins Meer warf, sagte er glücklich: »Das einzige, was Ihr zu geben vermögt, wonach sie sich sehnen, weil sie's entbehren, ist Liebe.«

Spät hatte V 133 angelegt. Es schickte sich zum Schlafen an, wurde still und klappte ein Auge nach dem anderen zu, das heißt: Seine farbigen Lichter erloschen nacheinander. Nur am Fallreep pendelte nunmehr eine weiße Lampe. Als noch ein Urlauber an Land eilte, musterte ihn der Posten im Scheine dieser Laterne etwas neidisch, doch nicht ohne aufrichtige Bewunderung. »Ah, Bootsmaat Dauke. Schlenk – Kulani – Scharfmacherstrümpfe. Selbstverständlich Kurs: Chausseekrug.«

Ja, ihr Aktiven, ihr habt den Bogen raus. Alle tragen sie diesen Kulani aus seidigem Stoff, Handschuhe in der Flosse, in der Mütze den gewissen Kniff, und alles an ihnen hat Schmiß, was sie »schlenk« nennen. Lauter junge, blühende Burschen; aber im Dienste jederzeit fix auf Posten, verteufelte Draufgänger. Und wenn sie an Land gehen, laufen ihnen die Weiber zu wie das Deckwasser dem Speigatt. – Da dockt er sich nun jede Freizeit im Krug ein und legt einen bigwonschen Speech bei der dicken Alma an und klönt und klönt. Na, und sie ist ein sauberes Weibstück, und der Alte hat Koks. Dabei seine treuherzige Art – ich wette zwei Dekaden –

Willy Dauke rief ein leeres Privatgefährt an, das gleicher Richtung fuhr, und erhielt Erlaubnis, mit aufzusitzen. »Mein Herr ist auch im Krug mit noch einem; die haben heute einen Abstecher gemacht, ich bin auf sieben Uhr hinbestellt. – Was hast du in dem Tuch; das lebt ja?«

»Einen Aal, für Bades Alma.«

»Aha, der Dicken. Da willst du also mit dem Aal nach der Speckseite werfen?«

»Nix zu wollen.« Dauke winkte ernstlich unwillig ab. »Das ist ein anständiges Mädchen; wir sind so halbwegs verlobt.« –

Zahnarzt Dr. Welke und sein Freund Emmerich waren angenehmst überrascht, in dem abgelegenen Chausseehaus so vorzüglichen Wein anzutreffen. Sie hatten die Tochter der Wirtin an den Tisch und in eine Unterhaltung genötigt, die sich rasch amüsant und zutraulich gestaltete. Alma Bade besaß die Unbefangenheit und den gesellschaftlichen Halbschliff, welche simple Wirtsleute im Verkehr mit den Gästen sich aneignen, außerdem trotz ihrer auffälligen Korpulenz eine natürliche, kokette Grazie, und ihre gesunde, häusliche Heiterkeit tat den Lebemännern wohl. War auch dem kränklichen Emmerich sein Behagen nicht recht anzumerken, so blieb der Doktor dafür mit den launigsten Einfällen auf der schiefen Ebene.

Obwohl beide das Mädchen gern nahmen, wie es war, versagten sie sich doch nicht hin und wieder das eitle, billige Vergnügen, ihr zu imponieren, etwa durch die deplacierte Anrede »Gnädiges Fräulein« oder durch irgendeine Galanterie aus höherer Etikette.

»Ich hatte einmal Petrusen einen hohlen Zahn gezogen. Aus Dankbarkeit trug er mich in den Himmel, ergriff eine riesige Zange und ließ hunderttausend bildhübsche Frauenzimmer antreten. ›Betrachte sie!‹ sagte er. ›Welche Nase gefällt dir am besten?‹ Ich deutete auf ein edel geschnittenes Näschen. Sofort knipste Petrus die Nase mit der Zange ab. ›Welche Augen gefallen dir am besten?‹ Ich suchte zwei entzückende dunkle Augen aus. Knips! hatte Petrus sie abgezwackt und jener Nase beigefügt. So hieß er mich eins ums andere, Stirn, Haare, Ohren und alle Gliedmaßen auswählen, knipste sie ab und baute daraus eine berauschende ideale Venusgestalt. Die stellte er auf eine silberne Platte und reichte sie mir mit den Worten: ›Nimm sie zur dauernden Freundin, zeige ihr die Wunder der Wissenschaft, lehre sie die heiligen Künste verehren, führe sie in die hohe Gesellschaft; sie werde eine Königin.‹ Aber – sei es, daß der Präsentierteller etwas schlüpfrig war – kurz: Das holde Wesen klitschte herab und fiel aus dem Himmel. Ich ließ mich sogleich zur Erde tragen und suchte meine Venus, in Berlin und in London, in Paris und Taschkend. Und was meinen Sie, Gnädige, wo ich sie endlich fand?«

»Nun, in Ihrer Frau.« Alma freute sich, die Pointe der Geschichte versperrt zu haben.

Man hörte draußen einen Wagen knirschen und Menschenstimmen. »Das ist dein Wagen, Doktor.«

»Meinetwegen. Ich bleibe hier, bis Tokio Vorstadt von Rostock oder bis Berlin englisch wird.«

»Sie müssen etwas ganz besonders Freudiges erlebt haben, da Sie so vergnügt sind. Oder freuen Sie sich so, daß Sie nicht Soldat zu spielen brauchen?«

»Es ist nicht meine Schuld, wenn ich's nicht spielen darf«, sagte Welke, jählings ernst, resigniert. Herr Emmerich fiel rasch ein: »Er hat heute höchst feudal bei einem dicken Botschafter gegessen und getrunken.«

Der Doktor nickte, wieder lächelnd, klang sein Glas an dasjenige Almas und sah ihr lange, begehrlich in die Augen. »Lauter Speisen, die einen göttlich anlachten, Weine, die wie Sonnenschein schmeckten.«

»Ja, Sie haben es gut.«

»Gewiß, ich habe es gut, und ich schäme mich deswegen nicht. Denn bei mir geht's Gott sei Dank ohne unlautere Geschichten – sogar besser als im Frieden. Da kann man sich schon hier und da eine Schlemmerei leisten. Heute bin ich besonders gut aufgelegt. Nur zweierlei fehlt mir noch, mein Glück komplett zu machen ...«

Polterig sprang die Tür auf. Ein adrett gekleideter, heißwangiger Matrose, das schwarzweiße Band im Knopfloch, trat wohlgemut mit lautem »Guten Abend« ein; es klang wie: »Was kostet die Welt?«

»Guten Abend!« »Guten Abend!«

»Wie? Du?« fragte Alma mit wenig schmeichelhaftem Erstaunen. »Ist hundertdreiunddreißig schon eingelaufen?«

»Jawoll! – Fang auf!« Der Matrose warf dem Mädchen etwas zu, was sie erhaschte, aber sofort mit einem Schrei des Entsetzens wieder fallen ließ. Auf dem Tische, zwischen den Weingläsern ringelte sich ein Aal, dessen blutendes Maul das saubere Linnen rot befleckte.

»Pfui! So ein richtiger, gemeiner Matrosenwitz«, schalt Alma empört.

»Der beißt nicht.« Der harmlose Dauke lachte tüchtig. Er nahm rechts neben Alma Platz, und als der links von ihr sitzende Doktor sowohl als auch Herr Emmerich sich verbeugend Namen nannten, nickte der Maat nur flüchtig verlegen, wohl weil ihm das Gefühl kam, irgendeine Höflichkeit versäumt zu haben. »Einen steifen Rum, Almchen. Ich mußte bis an die Knie ins Wasser waten, weil das Biest die Schnur zerrissen hatte.«

»Dürfen wir Sie einladen?« Herr Welke tippte an die Flasche. »Bitte noch ein Glas, gnädiges Fräulein, und etwas für den Appetit.«

»Wenn es durchaus sein muß, warum nicht«, schmunzelte Dauke. Alma verbesserte die Antwort, indem sie einen verachtenden Blick auf ihn warf: »›Danke‹, heißt das.«

Emmerich betrachtete den Aal. »Machen Sie ihn doch tot; er hat ja noch den Angelhaken im Maul. Abscheuliche Quälerei.« Und Emmerich stand auf, um den auf der Schwelle wartenden Kutscher zu sprechen.

»Willy, hörst du denn nicht? Du sollst den Aal schlachten. Aber in der Küche.«

»So ein Vieh hat kein Gefühl wie unsereins«, meinte Dauke; aber er trug den Aal hinaus. Alma folgte ihm, um neuen Wein zu holen.

Die zurückbleibenden Freunde wechselten Blicke. »Er ist ihr Galan«, flüsterte Emmerich, an den Tisch zurückkehrend.

»So? – Wir wollen ihn einmal aufpumpen.«

Sie traktierten ihn mit allen käuflichen Genüssen,

und er ließ sich nicht lange zureden, fing auch alsbald über seine Vorpostenfahrten zu plaudern an. Ein dänischer Dampfer voll Bannware gekapert. Beinahe auf Minen geraten. Sturm. Mit Vorliebe hielt er sich bei Anekdoten und Schilderungen auf, die Essen und Trinken betrafen, nicht merkend, wie gerade das übrige die feinen Herren interessierte und fesselte. Es störte ihn auch nicht sonderlich, daß seine Freundin für die Erzählungen wenig übrig hatte; ihr wurden täglich Bordneuigkeiten von Marinern überbracht. Der übermütige Doktor wußte zudem auf geschickte Weise jeglicher Auseinandersetzung zwischen Fräulein Bade und Herrn Dauke vorzubeugen.

Aber doch rückte er geflissentlich seine blasse, mit einem Funkelring geschmückte Hand neben die grobe, blaurote Tatze des arglosen Seemanns. Als dieser mehr und mehr weinbegeistert das Flaggenlied mit Mandolinenbegleitung freimütig zum besten gegeben hatte, öffnete der Zahnarzt das Klavier und trug raffiniert Chopins Fantasie Impromptu und die Lisztsche Rhapsodie vor. Es entging ihm nicht, wie Almas Blikke beobachteten und verglichen. Nur zu oft fing er diese Blicke auf, anscheinend bescheiden, aber gleichzeitig schürend und verheißend.

Bei aller Trunkenheit doch der Urlaubsgrenze eingedenk, erhob sich Dauke endlich. Die zwei Zivilisten bestanden darauf, ihn im Wagen bis an sein Schiff zu fahren. – – –

Bei nächstem Sonnenuntergang qualmten vier Torpedoboote im Hafen. Vier ausgefranste deutsche Heckflaggen flatterten westwärts aus. Nun stieg zwischen den Masten auch noch ein gelber Wimpel in den Wind. Und ein Kommando erscholl weithin vernehmbar: »Zurrr Flaggenparade!«

Von der Chaussee her näherten sich armverschlungen ein Herr und eine Dame. Die betrachteten aus bequemer Entfernung die grauen, von Ruß und Kohlenstaub entstellten Schiffe, ihre finsteren Maschinen und das arbeitsame Treiben der Matrosen an Bord.

»Dort!« Die Dame deutete auf einen Mann, der auf dem Achterdeck des vordersten Bootes aus Leibeskräften einen Geschützverschluß abschmirgelte. Dauke. Er, der sich am Abend zuvor so schneidig präsentiert hatte, steckte nun in einer schmierigen, schlotternden Takelkleidung.

Dr. Welke lächelte, Alma lachte. Der Matrose schaute auf, erkannte die beiden und wollte sich, offenbar beschämt, abwenden. In diesem Moment ertönte, schreckend wie eine Himmelsstimme, ein zweites Kommando: »Nieder!«

Nun auf allen Fahrzeugen gleichzeitig die Flagge niedergeholt wurde und alle Leute an Deck von da aus, wo sie gerade sich befanden, ihr stramm salutierten, nahm auch Dauke vor der sinkenden Flagge seines Schiffes eine straffe, militärische Haltung an. Und nun das glutige Gefolge der Sonne seine trotzige Miene und seinen schmutzigen Anzug vergoldete, meinte Welke, nie ein treueres und ergreifenderes Soldatengesicht geschaut zu haben. –

Alma begriff nicht, warum der Doktor auf dem

Rückwege mit eins so verstimmt war, warum er sie, im Krug angelangt, mehr abgab, als daß er sich von ihr verabschiedete.

Ohne ein Wiedersehen mit ihr vereinbart zu haben, wanderte er nach kurzem Gruß den fast doppelstündigen, einsamen Weg zur Stadt.

Eheren und Holzeren

Ein Märchen

Die babylonische, die aztekische, die chinesische. Aber sprechen wir nicht mehr davon. Wer sich näher dafür interessiert, sei auf Otto Bergemanns Berge und Täler der Äonen, Jena 1804, Verlag Weidebach, 8°, Halbfranz, hingewiesen.

Um 4700 vor Christi Geburt herum lebten hoch im Norden, von Meeren und Eisbären eingeschlossen, die Eheren, Nachkommen und Untertanen des greisen Königs Holzkopp. Der war berühmt wegen seiner weichen, gütigen Seele, die ihn bewog, mit jedem harten, trotzigen oder auch nur energischen Menschen, der ihm begegnete, Händel anzufangen und ihn kleinzukriegen. Und so hatte er längst alles, was ihn im weiten Kreise umgab, kleingekriegt und herrschte darüber in gütiger Weichheit. Handel und Wandel und Künste blühten. Nutzhölzer, Zierhölzer, Fässer, Wagen, Schlitten, Laubsägearbeit und Holzbildhauer. Das Volk war zufrieden, verfiel auch nicht in bosheitbrütende Langeweile, weil im Laufe der Jahre sich immer mal wieder ein Fremder nach dort verirrte, der die Eheren in ernstes oder heiteres Staunen versetzte. Weil er seltsame Kleider und Gegenstände trug, nicht Eherisch verstand und keinen Mihinka trinken mochte, diesen köstlichen, aus Renntierläusen und Meerrettich hergestellten Naturwein.

Selbstverständlich wurde solcher Fremdling zuerst

zum König geführt, der ihm vieles schenkte, einiges nahm und ihn in der Form von Belehrungen ausforschte. Besonders sympathischen Gästen pflegte er sogar ein Geheimnis mitzuteilen, von dem keiner seiner eigenen Untertanen etwas wußte. König Holzkopp war nämlich Erfinder und Besitzer des magnetischen Nordpoles. Dieser bestand aus einer kleinen Pastete, die der König in guter Stunde gebacken hatte und nun in einem von hohen Mauern geschützten, großen Garten aufbewahrte. Die Pastete blieb aber auch für die sympathischen Gäste unzugänglich und unsichtbar, weil sich darüber ein gigantischer Haufen von angezogenen Eisengeräten angesammelt hatte. Speere, Schwerter, Nagelfeilen, Ankerketten, Enterhaken, Nähmaschinen, Stacheldraht.

Die Fremdlinge, die ins Land der Eheren verschlagen wurden, waren zum Teil recht bemerkenswerte Leute. Im Gästebuch des Königs stehen Namen wie: Luluhili, genannt der eiserne Kanzler von Phönizien. Oder: Mabius, Degenschlucker aus Mittweida.

Solchen Persönlichkeiten von zähem, willensstarkem Naturell oder stählerner Entschlossenheit und den sympathischen Gästen pflegte der König später, nachts, in guter Stunde, wenn sie schliefen, unter gütigem Lächeln die Kehle abzudrücken.

Die drahtlose Telegraphie – in anderer Methode als später in Europa – wurde erfunden. Allerdings zunächst nur der gebende Teil. Der König und seine Untertanen sandten zahllose Telegramme in die unbekannten Fernen hinaus. Zum Beispiel: »An alle. Ich,

König Holzkopp, habe durch mein Volk die halbe drahtlose Telegraphie erfinden lassen.« Auch kurze Kabelworte: »Prosit Neujahr! Die Eheren.«

Ungeheures Aufsehen erregte es, als der zweite, der aufnehmende Teil der drahtlosen Telegraphie erfunden wurde. Mit elementarer Spannung wartete alles. Wirklich traf ein Funkspruch ein.

Uha, die greisenhafte Großmutter des Königs, war die einzige, der es gelang, Sinn in die fremdsprachlichen Worte zu bringen. Sie übersetzte: »Ihr, König Holzkopp, und ihr Eheren alle könnt uns, die Holzeren, Eure Antipoden, am –«

Das Telegramm war noch länger, jedoch beim Vorlesen des Wörtchens »am« ward Uha vom Schlage gerührt. Weil sie derart zu Tode beleidigt worden war, und man nun den Schluß nicht erfuhr, so fühlten sich die Eheren gekränkt. Und der König geriet in solche Wut, daß er sich nackt auf den Thron begab, die Mobilmachung befahl und niemals wieder Kleider anlegte. Das Volk hingegen bekleidete sich mit hölzernen Rüstungen und Schuhen, denn Metall war ihm unbekannt, griff zu hölzernen Waffen und schiffte sich auf hölzernen Barken ein. Der König nahm heimlich die halbe Pastete mit.

Damals gab es außer und nahe dem geographischen Südpol noch einen holznetischen Südpol, der die Eigentümlichkeit besaß, alles Hölzerne anzuziehen. Daß die Quelle dieser Wunderkraft letzten Endes in einem Pudding bestand, wußte nur Stahlhaupt, der harte, grausame König der Holzeren. Er hatte den Pudding gekocht und wußte ihn im Geheimgarten unter einem Riesenberg von angezogenen Holzgeräten verwahrt. Ruder, Bootsplanken, Spindeln, Pfahlbauten, Särge, Quirle, Bleistifte.

König Stahlhaupt lief sein Leben lang immer nackt herum. Er haßte Weichlinge und Schlappschwänze, und wenn je Fremdlinge von derartiger Charakterbeschaffenheit sich ihm oder seinem Lande näherten, so reizte er sie durch Beleidigungen und stellte sich gleichzeitig ängstlich, unsicher, bis die Gekränkten ihn angriffen. Dann, weiterreizend, floh er zum Schein, ließ sich sogar etwas verprügeln, um ihre Tapferkeit noch weiter anzuspornen. Bis er sie schließlich aus Notwehr totschlagen mußte.

Ein historischer Funkspruch traf ein. Die Holzeren betranken sich mit Wimmhubs, ihrem schmackhaften, aus Pinguinbutter und Soda hergestellten Nationallikör. Dann legten die Untertanen Stahlpanzer an und bestiegen eiserne Schiffe, denn Holz war ihnen ein unbekanntes Mineral; und der nackte Stahlhaupt folgte ihnen und trug heimlich den Pudding in der Hand.

Ob es anno 4680 war, also in dem Jahre, von dem der Vikinger Historiker Wlehd erzählt, daß es durch eine ungeheure magnetische Deviation alle nautischen Berechnungen über den Haufen warf. Oder später? Sicher ist nur, daß auf dem Meere, welches damals die Gegend des heutigen Rastenburg bedeckte, die beiden Flotten einander in Sicht kamen.

Da geschah sofort etwas Unerhörtes, Einzigartiges.

König Stahlhaupt war, der besseren Übersicht wegen, mit seinem Schiff etwas hinter den anderen zurückgeblieben. König Holzkopp andererseits stand, die halbe Pastete in Händen, auf seinem Flaggschiff und hatte aus kriegerischer Bescheidenheit den anderen Schiffen einen gewissen Vorsprung gelassen. Plötzlich sahen beide Könige ihre Flotten in rasender Geschwindigkeit dem Feinde zufliegen und fühlten beide gleichzeitig, wie ihr eigenes Schiff ihnen unter den Füßen wegglitt. Eine Tausendstelsekunde später war folgende Situation perfekt: König Stahlhaupt stand von lauter holzgepanzerten Eheren umringt auf einem der dicht aneinandergepreßten Holzschiffe. König Holzkopp hingegen befand sich auf der eisernen Flotte von lauter Holzeren umringt. Erst jubelten beide Völker über den gefangenen König, dann trauerten sie über den verlorenen König, dann entdeckten beide Völker das Ausgleichende ihres Schicksals und verabredeten funkentelegraphisch einen Königsaustausch. Auf ein bestimmtes Signal hin sollten beide Parteien ihren Gefangenen in einem Ruderboot entlassen, ohne zu folgen. Beide Völker brachen aber diese Verabredung nachher, indem beide den entlassenen Gefangenen mit sämtlichen Schiffen folgten. Ob dieser beiderseitigen Niedertracht wurde der Waffenstillstand abgebrochen. Die Seeschlacht sollte beginnen. Da die königlichen Gefangenen selbstverständlich nicht daran teilnehmen konnten, sondern überwacht zurückbleiben mußten, ergab sich ein merkwürdiger Beweis für die Hilflosigkeit führerloser Streitkräfte. Beide Flotten gingen nicht vor. Sie beschimpften sich nur aus der Entfernung gegenseitig per Funkentelegraphie. Als aber die Vorräte zur Neige gingen, kam Unzufriedenheit auf. Bald war man hüben und drüben auf Friedensverhandlungen erpicht.

Die Eheren sandten den Holzeren zehn Tonnen Mihinka. Die Holzeren sandten den Eheren fünf Tonnen Wimmhubs. Danach vereinigten sich die beiden Flotten. Die Könige küßten sich. Und alle betranken sich und betrugen sich so laut und rüpelhaft, daß ein noch nie dagewesener Seesturm losbrach, wobei sämtliche Eisenschiffe mit den Holzeren samt König Stahlhaupt und dem Pudding untergingen.

Die Eheren aber retteten sich auf ihren kieloberst treibenden Fahrzeugen nach ihrer südöstwestlich vom geographischen Nordpol gelegenen Heimat.

Mitschüler erzählten als Witz, seine Mutter sei Leichenbändigerin und seine Großmutter Löwenfrau gewesen. Es war etwas daran, aber der Fall lag doch anders. Indessen nahm Feix Daddeldu dergleichen Nachreden nicht übel. Er lachte dazu. Seine Gutmütigkeit lag nicht immer so offen, ward daher auch von vielen Leuten angestritten. Von dem Lehrer, dem Feix eine Stunde lang auf alle Fragen mit »Wie?« antwortete. Vom eigenen Vater, wenn dieser sein Pfeifenrohr mit Wachs verstopft fand, und sogar von der Mutter, wenn Feix durchaus nicht zu bewegen war, das Kippen mit dem Stuhl einzustellen. Diese eigensinnige Beharrlichkeit war das Häßlichste daran. Machte Feix seinen Bruder, dem das Rechnen sowieso von Natur aus schwerfiel, beim Addieren durch lautes, unrichtiges Mitzählen konfus, dann verdrosch Kuttel schließlich den Feix. Aber nachher fuhr dieser fort, laut, unrichtig mitzuzählen: »14 – 15 – 16 – 18 – 20«. Und ließ sich widerstandslos abermals verdreschen und zählte weiter, und das hätte sich – was an ihm lag – lebenslang so fortsetzen können. Lag aber nicht, setzte aber nicht.

Jedoch das Allerärgerlichste war das Lachen. Wie Feix zu dem, was er im Grunde genommen gar nicht tat, lachte. So gemein! Gemein konnte man eigentlich nicht sagen, Feix lachte ja die anderen nicht aus, nicht einmal an. Sondern er lachte einfach gleichmäßig heraus oder vielmehr in sich hinein, nicht boshaft, nicht schadenfroh, nicht höhnisch, aber so – so – so dumm!

Obwohl er vermutlich gar nicht dumm war. Man wußte das zwar nicht. Er hielt in der Schule Schritt, drängte sich nicht vor, sondern war schweigsam, widersprach nie, fand sich in alles. Es war ihm überhaupt nichts Bedeutsames vorzuwerfen. Weil seine liebevollen Eltern keinen Haken entdeckten, um ihn zu bestrafen, er aber doch nach ihrer Meinung irgendwie was Queres hatte, so versagten sie ihm seinen einzigsten Wunsch, Seemann zu werden, und schickten ihn in die Stadt zu einem Drogisten in die Lehre. Feix arbeitete normal fleißig bei dem kleinen nervösen Drogisten und wohnte und speiste mittelmäßig in der Fremdenpension der geschäftigen, vielseitigen, nur etwas leicht erregbaren Drogistenfrau. Herr Bulverin, so hieß der Drogist, wußte nur Gutes an die alten Daddeldus zu berichten. Leider wurde er von Tag zu Tag nervöser. Die Tür zum Privatkontor und das Fenster standen immer wieder offen, und der Zugwind wehte die Rezepte und sonstigen Papiere durcheinander. Im Laden standen die gleichartigen Flaschen, Phiolen und Dosen nicht mehr parallel, sondern schief zueinander. Die abends mit Bulverinschem Patentöl geschmierten Türangeln waren morgens verrostet und quietschten.

Auch die Erregbarkeit der Madame Bulverin nahm zu. Die bedauernswerte Dame verbrachte schlaflose Nächte. Weil die Wasserleitung tropfte, tupf, tapf, tupf, tapf. Irgend etwas – sicherlich eine Maus – nagte. Wo? – Woran? – Woher? Die Feldherrnbilder hingen schief. Etwas klappte von Zeit zu Zeit.

Erst nach sechs Monaten fingen die Eheleute Bulverin an zu ahnen. Wie Bulverins Patentöl in Blechkännchen zu Wasser wird. Seit wann die Pensionstische auf angesägten Beinen hinkten.

Da nichts nachzuweisen war und kein Entlassungsgrund vorlag, sondern aus anderen nebensächlichen Ursachen machte die Drogerie plötzlich Pleite, und Feixen blieb nichts übrig, als ohne Geld, aber mit viel bestem Zeugnis nach Hause geschickt zu werden.

Solche Leute wie Frau Daddeldu halten nichts von Zeugnissen und sehen auch nicht auf Geld. Aber in dem Nach-Hause-geschickt-Werden fand die redliche Frau einen Fliegendreck. Und es mußte wohl auch im Benehmen ihres Sohnes mancher Fliegendreck oder wenigstens einer gefunden sein. Sie spürte dem vier Wochen lang nach, ohne recht dahinterzukommen. Aber man schmettert nicht Türen zu, als gälte es, Büffel zu köpfen. Und als Feix wieder – nun schon zum elften Male – die Lampe so auf den Tisch gestellt hatte, daß ihre eine Hälfte über den Tisch hinausragte, wurde es Beschluß, daß Feix sich erst einmal als Seemann ein bißchen Lebensernst zusammensegeln sollte.

Er ward kein so tüchtiger und beliebter Seemann wie Kuttel, aber auch kein so leichtsinniger Abenteurer wie sein anderer, sein verschollener Bruder. Sondern genügte seinen Pflichten mit Durchschnittsleistungen. Seine Kameraden und Vorgesetzten hatten ihn im Grunde genommen gern, war doch sozusagen nichts gegen ihn einzuwenden. Aber seine Ruhe war keine Ruhe mehr. Nicht etwa Faulheit. Aber er machte die ältesten Janmaate, diese wetterharten, bedächtigen Bärenkerle, er machte sie kribbelig; und als ihm der sechzigjährige Segelmacher im Stillen Ozean mit dem Fuchsschwanz einen Mastsplitter aus dem After sägte und Feix während dieser Notoperation das gelehrte Buch des Kapitäns studierte (es war ein Reiseführer durch Dießen am Ammersee) und dabei unaufhörlich dermaßen lachte, daß der Segelmacher ein Jucken in die Hand bekam, wobei die Säge abbrach, darüber der erschrockene Segelmacher plötzlich tot war; da hatte sich Feix alle Sympathien an Bord verscherzt. Niemand bemitleidete ihn etwa, weil er fortan mit einem Splitter und einem Stück Säge im After sich durchs Leben schlagen mußte.

Später trieb er sich in tropischen Ländern herum. Jahre waren vergangen, seitdem er seine Mutter verlassen hatte, und nie bekam diese ein Lebenszeichen von ihm. Dennoch wartete sie vertrauend und tapfer auf seine Rückkehr und rühmte ihren Feix und seinen besonders guten Charakter, bis Feix nach 5 Jahren plötzlich überraschend heimkam; dann nicht mehr, im Gegenteil.

Was hatte er wohl alles erlebt? Er sprach nicht darüber. Was hatte er wohl seinen Angehörigen aus dem Auslande mitgebracht? Er stellte es auf den Tisch: eine große quadratische Pappschachtel und darin: ein Moskito.

Seine Angehörigen lachten durchaus nicht. Das war doch kein Witz.

»Es ist dressiert«, sagte Feix erklärend. Aber das machte gar keinen Eindruck. Nur Paula riß den Mund auf. Feix sprach etwas zu dem Moskito in einer fremden Sprache, nicht Englisch. Sofort schoß das Insekt wie ein Pfeil in Paulas Mund. Paula spie es hustend wieder aus. Feix trocknete es mit Löschpapier. Dann gab es wieder ausländische Befehle. Das Moskito fing an, scharf summend und in schönen Brezelkurven um die Lampe herumzusausen. Frau Daddeldu schlug mit dem Besen nach dem Tiere. Feix sperrte es vorsichtig wieder in die Pappschachtel. Die Angehörigen lasen die Lampensplitter vom Boden auf.

Feix wurde zu einem Pfarrer in die Stadt geschickt, um vier Wochen lang Anfangsgründe zu studieren. Er fuhr im D-Zug in der zweiten Klasse mit sechs sehr unterschiedlichen, aber durchwegs hochintelligenten Leuten zusammen, die ihn unterwegs unruhig und unbehaglich anschielten. Weil bei dem was nicht stimmte. Es war den sechsen so, als habe sich über sie eine Gewitterwolke gelegt. Während der neu Hinzugekommene, dieser dauernd und lächelnd die Lippen bewegende Arbeitsmann mit seinem Köfferchen und der Riesenschachtel, allein in Sonne gehüllt schien. Der erste Mitreisende nieste 42mal, der zweite juckte sich, der dritte blinzelte, der vierte suchte nach Ursachen, der fünfte schlug um sich. Der sechste aber schlief; er war syphiliskrank.

Feix saß, abgesehen von seinem ausländischen Murmeln, unbeweglich da. Und doch war er der Dirigierende. Er arbeitete Hand in Hand mit seinem Moskito.

Wie ihn die Inder gelehrt. »Nimm Krankheit!« befahl er dem Tier. »Übertrage sie!«

Der Zug lief ein. Hinter Feixen verließen auch die übrigen Passagiere den Wagen, der Herr, der geschlafen hatte, verließ ihn geheilt, die fünf andern syphiliskrank. – –

Schon am folgenden Sonntage erschien der Pfarrer aus der Stadt bei Frau Daddeldu. Er war verbunden und total zerstochen. Hinter ihm stand Feix mit Köfferchen und Pappschachtel.

Frau Daddeldu hatte nie Feen mißbraucht. Zum ersten Male in ihrem Leben wanderte sie nach dem Hünengrab und kratzte dreimal mit dem Hufeisen unter die Distel. Die Fee erschien, vernahm die Klage und verschwand.

Als Feix anderen Morgens erwachte und den Pappkasten öffnete, um seinem Moskito guten Morgen zu wünschen, kam statt des Insektes ein Elefant heraus. Feix lachte mächtig. Da verwandelte sich der Elefant in ein schnappendes Krokodil. Feix hielt dem Krokodil mit der Linken das Maul zu, kitzelte es mit der Rechten und lachte. Nun entglitt ihm das Kroko und nahm ätherische Feengestalt an. Feix schnalzte mit der Zunge und lächelte.

»Lächle nicht!« sagte die Fee ernst. »Vom höchsten Glück bis zum tiefsten Unglück ist nur ein knapper Schritt. Gesundheit soll dereinst abgerechnet werden, denn sie ist geliehene Begabung, andern zu helfen.«

Feix schnalzte mit der Zunge.

»Schnalze nicht!« verwies ihn die Fee. »Es kann ein

lästernder Töter gütig sein, und es kann ein schlafender Unterlasser ewige Mordschuld auf sich laden.«

Feix feixte. Die Fee wechselte ihre Beinstellung, dann rollte sie plötzlich ihre Augen feurig und sagte mit hohler Stimme: »Bebinissi kolabia ivustalinski!«

Feix feixte und schnalzte. »Du!« rief die Fee drohend. »Du weißt nicht, wer ich bin.«

»Doch« – erwiderte Feix – »ein rechter Nervosipopel!« Die Fee verschwand.

Von allen aufgegeben und gemieden, begann Feix nun einen liederlichen Lebenswandel. Sein Stammlokal wurde das Café Nashorn, wo Dirnen verkehrten.

Frau Daddeldu kratzte noch dreimal unter die Distel. Die Fee zuckte nervös mit den Achseln und verschwand. Aber heimlich verwandelte sie sich in eine Kokotte.

Feix verguckte sich. Seine Mutter gab sonderbarerweise immer aufs neue Geld heraus. Feix hielt die Kokotte aus. Die Kokotte ward schwanger. Feix heiratete sie trotz stärksten elterlichen Protestes. Das war sehr anständig von ihm. Lepopisov Ren, so nannte sich die Braut, stammte aus der Gegend von Rußland, bezog mit Feixen ein bescheidenes Zimmer und darin ein Wochenbett. Feix pflegte sie, aufmerksam, ordentlich, beharrlich, treu, rührend. Es klingelte; Feix schnitt die Drähte durch. Es klopfte; Feix rief ärgerlich: »Pst! Pst! Sie schläft.«

Drei Monate vergingen. Feix brachte seiner Frau Erdbeeren, Schokolade oder die neueste Art von Bouillonwürfeln ans Bett, zog sich schon im Korridor die

Stiefel aus, küßte – um nichts zu quetschen – bloß noch die Haare.

Wieder drei Monate vergingen. Feix verließ die Wohnung nimmer, nachdem er noch einmal eiligst Windeln und Bleisoldaten eingekauft hatte. Er schlief nimmer, sondern horchte vor der Türe. Er aß kaum noch. Er wurde vom Briefträger wegen Mißhandlung verklagt. Er schrie die Amme an, weil sie polterig hustete. Er zuckte, blinzelte, er suchte nach dem Moskito, welches abhanden gekommen war, er raste, schrie (aber stets in Kissen hinein, damit Lepopisov Ren nichts vernähme). Dann wieder ließ er sich stundenlang von der Wöchnerin erzählen, wie sie sich befinde, ob es sich wie ein Junge anfühlte. Und wenn sie »Ja« sagte, so freute er sich rein närrisch. Bis eine Fliege summte oder ein Tablett umkippte. Dann fuhr er aus der Haut.

Der Tag kam heran. Der Arzt ließ auf sich warten. Feix sprang von einem Bein aufs andere, unterdrückte. Die Hebamme ließ auf sich warten. Feix kroch Wände empor. Das und mehr wiederholte sich acht Tage lang, ohne das ersehnte Resultat. Der Termin war längst vorüber.

Vierzehn Tage vergingen. Lepopisov Ren nahm immer noch zu. Arzt und Hebamme kamen umsonst. Feix raste oder weinte.

Ein Monat verging. Lepopisov Ren nahm immer noch zu. Sie lag schon in zwei Betten; nun ließ Feix anbauen. Arzt und Hebamme lachten in sich hinein. Feix stach nach beiden. Zwei Monate vergingen. Arzt und Hebamme blieben aus, sandten aber ihre Telephonnummern.

Der dritte Monat war halb vorbei. Dreiviertel der Stube war von der Wöchnerin ausgefüllt. Feix grübelte abmagernd darüber nach, was an der Verzögerung schuld sei. Lepopisov Ren meinte: die verbrauchte Zimmerluft.

Also mußte sie ins Freie. Die Türöffnung maß 98 : 200, das Fenster nur 90 : 180. Feix brach eigenhändig die Frontwand des Zimmers nieder.

Es war ein sonniger Julitag. Lepopisov Ren hatte Ausgang. Feix sah ihr außer sich vor Freude nach.

Sie glitt hinaus, halb schwankend, halb schwebend. Draußen legte sie sich auf die Seite – Feix war fieberhaft gespannt –, drehte sich kugelartig weiter herum, bis ihr Bauch zuoberst kam, und auf einmal und langsam stieg sie. Stieg ruhig und majestätisch höher und höher, himmelwärts. Feix verhatterte sich in eine Rouleauschnur. Und sie stieg stetig. Plötzlich fing Feix an, wie rasend zu hupfen, aber es war schon zu spät, er erreichte nichts mehr. Sie stieg höher, feierlich, stieg wie ein Luftballon. Ohne Gondel. Aber oben, im Zenit des Ballons, auf dem Nabel, saß deutlich, unbeweglich, ernst und blaß ein Moskito.

Diplingens Abwesenheit

Nach dem sechzigsten Wirbelmotor mit Repetier-Kolben-Schaltung wurde Herr Silbig: Dipl.-Ing., Diplom-Ingenieur und so reich, daß er sich in Kufstein neben dem Hotel Auracher ein kleines Haus erwerben konnte, wo er sich und seine Frau zur Ruhe setzte. Beide Gatten waren entschlossen, auch dort wie bisher in Paris ohne Dienstboten zu leben. Ebenso besorgten sie die Einrichtung nach Möglichkeit ohne fremde Hilfe: Und diese Einrichtung war nicht nur komfortabel zu nennen. Da wurde ein Zimmer des unteren Stockwerks zum exotischen Wintergarten gewandelt. Schöne Palmen, seltene Orchideen und Kakteen entsprossen einer Erdschicht, die den zementierten Fußboden bedeckte, und zwischen den mit Schlingpflanzen verwobenen Gewächsen luden Amoretten und Lustbetten zum Ruhen ein. Über diesem Zimmer war im höheren Stockwerk, und gleichfalls durch Zement gesichert, ein Schwimmbassin für zwei Personen angelegt. Und alles andere war so perfekt auf Schönheit und Bequemlichkeit ausgearbeitet, daß Silbigs oder Diplingens, wie man sie in Kufstein nannte, schon nach vierwöchigem Aufenthalt sich gelangweiligt nach Paris zurücksehnten. Da war es ihnen sogar angenehm, als ihr Neffe Oberreich aus Kopenhagen seinen Besuch anmeldete.

Hans war ihnen in Paris oft ein ungern gesehener Gast gewesen, weil er so viel Unruhe brachte und weil er einen Beruf, den es eigentlich nur in Witzblättern geben sollte – Hans nannte sich nämlich Impresario –, gewählt hatte und gar nicht ausübte. Aber diese Unruhe schien Diplingens nun beinahe willkommen; vielleicht freuten sich auch beide insgeheim darauf, dem Neffen mit ihrer Villa zu imponieren.

Als Oberreich eintraf, fanden Silbigs ihn übrigens gar nicht so übel, wie sie nach ihrer Erinnerung vermeint hatten. Im Gegenteil: Er benahm sich außerordentlich wohltuend, wußte sich bescheiden und unterhaltsam anzupassen. Er brachte sogar ein drolliges Geschenk mit, einen kleinen, ganz jungen Goldfisch, den er, nicht ohne Schwierigkeiten, in einem Einmachglas von Dänemark bis nach Tirol transportiert hatte. Und überhaupt betrug sich der Neffe – er hatte so laute, begeisterte »Oh«-Rufe und »Ah«-Rufe für die Lustwohnung.

Erst nach Oberreichs Abreise entdeckten Diplingens, daß er das Schwimmbad mit Suppenwürze oder so was verunreinigt hatte. Sie suchten diesen unangenehmen Menschen zu vergessen, was nicht ganz leicht war, weil sie den kleinen Goldfisch so liebgewonnen hatten. Er war so rührend unbeholfen in seiner jugendlichen Unerfahrenheit. Er hatte auch noch gar keine rötliche, sondern sozusagen: gar keine Farbe, war überhaupt ganz unansehnlich, eigentlich nur ein kleines, etwas längliches Bläschen. Danach tauften sie ihn auch »Bläschen«. Für Bläschen wurde ein Goldfischglas beschafft, das man auf einem Gipssockel in den Wintergarten stellte, und man fütterte das Fischlein täglich mit 48 Ameiseneiern.

Bläschen hier und Bläschen da. Aber nach acht Tagen wird jeder Fisch langweilig. Diplom-Ingenieurs fingen, jeder getrennt für sich, an, zu überlegen, ob sich nicht gemeinsam erwägen ließe, inwiefern es berechtigt wäre, Pläne zu schmieden betreffs einer längeren Reise nach Paris.

Beide Gatten waren sich einig, aber doch war und blieb ein Hindernis. Wer sollte in ihrer Abwesenheit Bläschen füttern und wer die Pflanzen begießen? Etwa fremde Personen? – »Nein! Nein! – Nie! Nie!« Der Plan wurde aufgegeben. Die nächsten drei Tage hindurch stumpften Silbigs so hin. Es schien so, als wären sie böse aufeinander. Man hörte mal das Bullern eines Magens oder das eigene Herzklopfen. Ein andermal plätscherte Bläschen ein wenig, aber sonst –

Und doch hatte Herr Silbig noch nie so intensiv gearbeitet wie in diesen drei Tagen. Und am vierten Tag war das Wunderwerk, welches die Pariser Reise ermöglichen sollte, vollendet und angebracht.

Seitdem Diplingens abgereist waren, kreisten an der Decke des Wintergartens stetig langsam zwei Räder, von denen das eine dauernd einen ganz feinen Wasserstaub durch das Zimmer sprühte, während das andere nach jeder halben Stunde ein Ameisenei in das Goldfischglas fallen ließ. Das Wasser für die Sprühmaschine wurde vom Schwimmbassin hergeleitet. Das Reservoir für die Ameiseneier bildete ein großer hölzerner Schwebekasten.

Hans Oberreich hatte sich in diesem Fall keinen Scherz erlaubt. Er war, ohne es zu merken, selber betrogen worden von dem Kopenhagener Händler, der ihm statt eines Goldfisches einen ganz jungen Walfisch angedreht hatte.

Diplingens hätten eine dritte Maschinerie erfinden sollen, um die beiden anderen Räderwerke automatisch von Zeit zu Zeit mit neuem Öl zu versorgen. So aber ergaben sich Störungen, die allmählich schlimmer wurden. Der Zerstäuber am Wasserrad löste sich. Das andere Rad legte jetzt schon 20 Eier in der Minute, einige davon noch ins Goldfischglas.

Diplingens blieben abwesend. Die Gewächse im Wintergarten troffen. Starkes Rauschen übertönte das wohlige Plätschern des Goldfisches, welcher fraß und wuchs.

Das Erdreich war nicht mehr sichtbar. Die Lustbetten begannen zu schaukeln, die Amorchen torkelten. Eines Morgens erschrak der junge Goldfisch, weil er im Glase feststak, sich weder vor- noch rückwärts bewegen konnte.

Da überkam es ihn, daß er ein Walfisch sei; er blähte sich stolz. Das Glas platzte, und plumps – schwamm der Wal zwischen treibenden Lustbetten und entwurzelten Palmen. Er fing an, die Gips-Amoretten wie Biskuit zu zerknabbern.

So was bleibt auf die Dauer nicht unentdeckt. Die Auracher hörten nachts gräßlich gigantisches Schnauben. Eine Klage lief gegen die abwesenden Silbigs, weil der Briefträger, als er von außen die Briefklappe an der Tür öffnete, von innen mit Wasser begossen worden war.

Selbst der kaltblütige Revierschutzmann, der das Schloß aufbrach, kam einen Moment außer Fassung, als er beim Öffnen der Tür von einem herausschießenden, hydraulischen Walfisch die Treppe heruntergerissen wurde.

Während im Treppenhaus der Schutzmann und andere Neugierige im Strudel der nachstürzenden Wassermassen ertranken und der Walfisch schon draußen auf dem Marktplatz mit zornigen Flossenschlägen das Pflaster aufpeitschte, gab der Magistrat telegraphisch eine Annonce an alle auswärtigen Zeitungen auf: »Wer kauft einen lebenden Walfisch?«

Sofort meldete sich die Firma Hermann Tietz, Berlin.

Da man in Kufstein über kein großes, transportables Bassin verfügte, so wurde der Walfisch in nasse Tücher eingewickelt und während der Fahrt nach Berlin durch Klistiere künstlich ernährt.

Am Anhalter Bahnhof geriet die Begleitmannschaft mit den Arbeitern von Tietz in Streit, weil letztere außer dem Walfisch auch noch die Walfischwindeln beanspruchten, diese blieben aber zuletzt doch in den Händen der siegreichen Kufsteiner.

Da war es in der Tat kein leichtes Stück für die acht Berliner, das zappelnde, schlüpfrige Riesentier durch die Königgrätzerstraße und weiter zu tragen.

Und kein Wunder, daß ihnen beim Übergang zum Tempelhofer Ufer das grauenhafte Luder entwischte und in den Kanal stürzte.

Kürzen wir den Wasserweg Spree – Landwehrkanal –

Havel–Elbe etwas ab. Halten wir uns nicht länger bei erschrockenen Badegästen, zerstörten Apfelkähnen auf. Übersehen wir die verschluckte Leiche im Landwehrkanal und vermeiden wir überhaupt jede Ausführlichkeit, wie sich der Walfisch über Schleusen, ausgespannte Fischernetze und das Binnenschiffahrts-Gesetz vom 15. Juni 1895 hinwegsetzte. Er erreichte die nördlichen Meere, gründete viele Familien, um denselben seine wunderbaren Erlebnisse aus Diplingens Abwesenheit zu erzählen. Ob er dabei das Maul zu voll nahm, niemand schenkte ihm Glauben, und so zog er sich von den Mitwalen zurück.

Und wenn er nicht gestorben ist, so lebt er noch heute in den eisigen Wassersteppen um Grönland herum, einsam seine Furchen ziehend, traurig schaukelnd und nachdenklich blinzelnd, als suche er vergeblich nach treibenden Lustbetten und Gipszwieback.

Bereits eine Stunde später bildete sich ein Komitee. Man wollte den Schiffbrüchigen das Mitgefühl der Stadt übermitteln, sie als Fremdlinge gastlich bewirten beziehungsweise unterhalten und von der offiziellen Sympathie für Deutschland überzeugen. Man wollte auch bei dieser für den kommenden Sonntag gedachten Veranstaltung ihnen ordentlich imponieren.

Großzügig vorausgesetzt, daß sie sich bis dahin erholt haben, ferner auch nicht an den Folgen gestorben sein würden, sollte sich das Programm etwa so entwikkeln:

Warme Begrüßung am Genesungslager. (Schon schloß sich ein Senator nach dem andern zum Auswendiglernen ein.) – Rundfahrt durch Stadt und Musehenswürdigkeiten. (Lastautos stellte in hochherziger Weise die bedeutendste Speditionsfirma.) – Flüchtige nähere Besichtigungen. (Die städtische Bibliothek sicherte freien Eintritt, das Museum für internationale Laryngoskopie Stundung der Garderobegebühren zu.) – Der berühmte, aus gerösteten Bananenschalen hergestellte Wolkenkratzer sollte von oben bis unten mit deutschen Briefmarken beklebt werden. (Gestiftet von einem ungenannt bleiben wollenden, sechsfachen Multimillionär, der sie von Bittgesuchen abgesammelt hatte.) – Trauliches Beisammensein mit Kaffeekredenz und Kuchenbergen im Klubhaus der inneren Mission für Kammerjagdsport. – Wohltätigkeitskonzert. – Tanz der tausend vornehmsten Babys. – Dann vielleicht Feuerwerk im Germanischen Ratskeller, Böllerläuten, Glockenschüsse oder so. Die Entscheidung über den weiteren Verlauf balancierte vorläufig noch auf einem Gewoge von Portwein und Beleidigungen.

Die Frau von dem Verwalter von der Schlauchhalle von der Hafenstation von der Feuerwehr lernte lügen. Während ihr Mann seit Stunden von Lokal zu Lokal eilte, um den wachthabenden Arzt zu suchen, erfuhr sie, daß ihr Geld und ihr Ansehen wuchsen, je mehr sie den neugierig Zuströmenden vorlog. Sie kam sich, nicht zu Unrecht, vor, als habe sie selber Schiffbruch gelitten. Anfangs wußte sie nur wenig. Man hatte die sieben besinnungslosen Riesen in die Schlauchhalle getragen. Man hatte ihnen die nassen Matrosenkleider ausgezogen und dafür erst mal saubere Feuerwehruniformen angezogen. Dann hatte man sie in Wolldecken gehüllt und auf die elastischen Schläuche gebettet. Nun mußten sie vor allen Dingen einmal schlafen, schlafen und nochmals schlafen. Keinesfalls durfte man sie stören. »Nein, auch nicht einmal sehen!« – »Nein, danke, auch nicht für Trinkgeld.«

Ergreifende Stunden verrannen. »Sagte ich's nicht?«, der wachthabende Arzt wurde gefunden. Er sagte gleich: »Vor allen Dingen: Ruhe, Ruhe und nochmals Ruhe!« Dennoch setzte er sich sofort mit den Kollegen vom Krankenhaus in Verbindung, die im Nu ungeteilter Meinung waren. In der Hauptsache galt es, die Geretteten zunächst einmal stundenlang unbehelligt zu lassen.

Diese gründlich ausgeübte Passivität fand leider

eine jähe Unterbrechung durch Feueralarm. Im Schuppen einer Spritfabrik hatte Stroh Stroh entzündet. Die Deutschen schliefen auf den Spritzenschläuchen. Es überstürzten sich viele Ansichten und Telephongespräche, verpaßten sich oder hoben sich auf. Indessen hatte einer der beiden Uhrzeiger noch keine Rundwanderung vollenden können, als ein Chefarzt, mehrere Unterärzte, viele Seitenärzte und zahllose medizinische Handwerker sich in Rangordnung, lautlos, auf Strümpfen der Tür der Schlauchhalle der Hafenstation der Feuerwehr näherten. Leise wurde die Klinke herabgedrückt, laut quietschten die Angeln. Und die Versammlung sah auf den Schläuchen sieben sauber zusammengefaltete Wolldecken. Und das Fenster stand offen.

Etwa zwei Seemeilen südlich vom Bananenkratzer und zirka ebensoviel Knoten westlich vom Klubhaus der inneren Mission für Kammerjagdsport schlängelt sich zwischen freundlich bunten Delikateßgeschäften und lustig belebten Wirtshäusern ein anspruchsloser Weg im weiten Bogen um die städtische Bibliothek herum. Kurz vorm Germanischen Ratskeller schwenkten die sieben Deutschen nach links ab. Das Geld in ihren nassen Taschen hing wohlverschlossen im Trokkenschrank der Hafenstation der Feuerwehr. Die Feuerwehrknöpfe mußten schlecht vergoldet sein; niemand wollte sie als Zahlungsmittel anerkennen. Aber es war schon erfreulich, mal wieder an Land zu sein, ohne arbeiten zu müssen, frei herumzubummeln und sich in der Fremde heimisch zu fühlen. Hier fiel ein deutsches Firmenschild auf. Dort war ein Feuer ausgebrochen; und weil dort leere Hektoliterfässer herumstanden, schöpften die Deutschen damit Wasser aus einem Kanal und löschten das Feuer. Und dann kam plötzlich ein hochanständiger, feiner Herr auf sie zu, wahrscheinlich der Fabrikdirektor, ein echter, eleganter gentleman, und schenkte ihnen ein volles Hektoliterfaß. Und weil keiner von ihnen »danke« gesagt oder irgendwas gesagt hatte, genierten sie sich und zogen sich mit dem Faß in einen dunklen Hofwinkel zurück. Bald setzten sie ihren Spaziergang fort.

Nicht etwa, daß sie stumpf und blind dahingeschossen wären. Nein, sie gingen einmal auf die andere Seite der Straße, um irgendworüber zu lachen, und dann waren sie wieder auf der einen Seite, um das Elterngrab zu pfeifen. Bis sie auf einmal hart hinfielen.

Weil sie einer vornehmen, jungen Dame ausweichen wollten, die mit zierlichen Schritten um die Ecke bog. »Wir tun Ihnen nichts. Wir sind Seeleute.« Ein zartes Stimmchen antwortete auf italienisch. Das kleine, blonde Persönchen verstand zwar nicht die deutsche Sprache, aber sie hatte sich verirrt. Und sie hätte so viel Vertrauen zu Seeleuten, und ihr Mütterchen vermißte sie gewiß schon, und ob sie sie nicht bis an ihr Häuschen begleiten wollten, sie fürchte sich sehr, überfallen zu werden, weil sie sehr viel Geld und Schmuck bei sich trüge und sei aus adliger Geburt, aber man sollte sie einfach mit ihrem Vornamen Darlingchen anreden, zumal sie Landsleute wären. Und sie trügen gewiß nicht so viel Schmuck bei sich, und sie würde schon dafür sorgen, daß sie daheim ein Schlückchen Wein zur Stärkung bekämen; aber viel Geld hätten Seeleute auch immer bei sich – – –

Die Matrosen nickten zu allem ja und waren total begeistert verdattert. Sechs von den sieben blickten immer verlegen weg, weil die so reden konnte, aber alles hatte Hand und Fuß, und weil das kurze Samtkleidchen so tief ausgeschnitten war. Der siebente beguckte sich immer derweilen heimlich aus dem Hintergrunde das fremde Mädchen ganz lange. Abwechselnd war jeder mal der hintere.

Langsam mußten sie einen Fuß vor den andern setzen, damit die lila Beinchen mit den trippelnden Goldkäferchenschuhchen nicht außer Atem kämen. Sprach sämtliche Sprachen; alle Länder hatte sie bereist. Sie kannte sogar die Burgstraße in Leipzig und den Gänsemarkt im Hamburg.

Das Häuschen hatte rotseidene Gardinchen. An dem großartigen schmiedeeisernen Treppengeländer hingen Girlanden. Oben waren alle Möbelchen aus Lack. Und neben dem schönen Ofen mit den vergoldeten Kacheln saß das Mütterchen, die war nicht so schön wie Darlingchen (eigentlich sah sie wie eine dicke Sau aus), aber sie machte allen Ulk mit, rauchte Pfeifchen, und Darlingchen nannte ihr Mütterchen nur auf französisch »Madamchen«. In der Ecke hockte ein Negerchen, das Zither spielte. Aber draußen schlich ein häßlicher – ein häßliches Halunkchen herum; Darlingchen rief ihm »Hälterchen« zu, da verschwand es. Und Darlingchen war wie ein ausgelassenes Kind. Sie neckte die Seebären, weil sie gar nicht wie richtige Deutsche tränken. Und trank ihnen selbst ein Literchen Rum vor. Sie konnte blitzschnell eine Reihe Knöpfchen aufknöpfen. Tausend urkomische Einfälle hatte sie. Auch ein Kunststück mit einem deutschen Tausendmarkschein fiel ihr ein. Aber da erinnerten sich die Matrosen an ihre nassen Kleider bei der Feuerwehr und sangen auf einmal die Lorelei.

Doch mit dem Negerchen und dem Hälterchen stimmte was nicht. Die tuschelten an der Tür so hinterlistig, so, als ob sie gegen Darlingchen was im Schilde führten. Deshalb erhoben sich die Deutschen ein wenig, und indem hatten sie den Ofen und das Treppengeländer in der Hand.

Weil sie morgens völlig nackt auf dem Bürgersteig erwachten, blickten sie sehr erstaunt nach dem Häuschen auf. Aus dem Fensterchen rief ihnen Madamchen Schimpfwörtchen zu, und neben ihr stand Darlingchen und warf Ofenkachelchen, Glassplitter und Treppengeländerchen herab. Daraus schlossen sie, daß das Häuschen ein öffentliches Häuschen wäre, und machten sich beschämt auf, um ihre nassen Hosen von der Feuerwehr zurückzuerbitten.

Sie tanzten in hastigen Wendungen umeinander vorwärts, um durch Schnelligkeit der Bewegung ihre Blößen zu verdecken. Trotzdem wurden sie unverhofft verhaftet. Drei Wochen durch schliefen sie sich willig im Gefängnis aus. Danach trug man sie in schwere Ketten gefesselt in den Gerichtssaal und lehnte sie dort gegen die Wand, unter deren Fenstern die freie, ewige See brandet. Bei dem Nacktsein auf der Straße hatten sich die Seeleute etwas verkühlt. Deshalb niesten sie, als das Urteil verkündet wurde. Da zerplatzten ihre Ketten wie Zigarettenbanderolen, und die Wand stürzte ein.

Als sich die ungeheure Staubwolke langsam auf alle Bilderrahmen der Stadt gesetzt hatte, sah man fern draußen im wogenden Ozean sieben Walfische unter ruhigen, weit ausholenden Flossenschlägen entschwinden.

Vom Tabarz

Auf der Wiese zu Jekaterinburg geboren und wißbegierig war die kleine Fliege, aber unverschämt. Es war unvermeidlich wie ungewollt, daß sie durch ihre Neugierde mancherlei lernte. Damit prahlte sie dann, überhob sich ihren Gleichalterigen und war undankbar gegen abgegraste Lehrer. So besuchte sie oft ihre gebrechliche Großmutter, um sich alte Fliegensagen erzählen zu lassen: von der Schlange Leim, die sich aus Kronleuchtern herunterläßt und Zucker ausschwitzt, um ihre Opfer anzulocken. Oder vom Ungeheuer Klatsche, das auf Menschen wohnt. Und mehr. Aber waren derartige Erzählungen zu Ende, dann warf die schnöde Fliege die Eier durcheinander, die Großmutter während des Sprechens gelegt hatte, und flog nach solchem oder ähnlichem Unfug ohne Abschied davon, um den Freunden und Bekannten Selbsterlebtes betreffs der Schlange Leim vorzulügen.

Die Mitfliegen staunten über Wuppys Kühnheit. Wuppy setzte sich in ihrer Gegenwart auf die Schiene, als das D-Zug heranbrauste, und schwur hoch und teuer, sie würde nicht weichen, sondern das D-Zug anhalten. Die Lokomotive tutete.

»Es hat Angst! Es schreit!« triumphierte Wuppy. Der Zug bremste, hielt. »Na, seht ihr's?« Viele Menschen entströmten dem Zuge.

»Es gebiert lebendige Junge«, erklärte Wuppy wichtig und flog neugierig hin, um die Neugeborenen zu berüsseln.

Geriet in den Leib des D-Zuges und nahm dort auf einem Wurstbrot Platz, das auf dem Schoße eines D-Zug-Embryos balancierte.

Die transsibirische Eisenbahn fuhr weiter; über Tscheljabinsk und Irkutsk. Neben dem Wurstbrot lag eine verkorkte, mit Kaffee gefüllte Flasche. An einem rindenartigen Teil derselben klebten zwei süße Tropfen; aber die Fliege wurde gestört durch trampelnde Finger des Kornhändlers Pagel. Der versuchte ohne Pfropfenzieher zu öffnen. Weil das mißlang, stieß er den Korken mittelst eines Bleistiftes hinein, danach tat er einen Schluck. Die Fliege war, als sie die Rinde mit den süßen Tropfen entschwinden sah, sofort hinterdrein geschossen. Plötzlich ward sie von einem Strudel gepackt, verlor die Besinnung, und als sie wieder zu sich kam, schwamm sie. Wie damals im Tümpel hinter der Dotterblume. Sie wußte instinktiv und durch Großmutter etwas von der Gefahr des Ertrinkens. War daher überglücklich, ein Rindenland zu erblicken, erreichte, bestieg es und stürzte sich auf zwei süße Tropfen. Dabei beschäftigten sich ihre Hinterbeine mit Abtrocknen.

Herr Pagel hatte die Flasche mit Papier zugestopft und ins Gepäcknetz gelegt, nun las er, dann streckte er sich zum Schlafen.

Nach fünf Reisetagen stieg in Strjetensk ein kleines Kosakenmädchen ins Coupé. Der Kornhändler wollte ein Gespräch anknüpfen, aber sechs Tage später, in Chabarowsk, stieg das Mädchen schon wieder aus.

Fürchterliches hatte die Fliege in diesen Fliegenjahren erlebt: Erdbeben, Springtiden, Seestürme und gräßliche Wasserhosen. Wuppy machte eine naturwissenschaftliche Beobachtung: Nach jeder Wasserhose war das gelbe Tümpel um sie herum seichter.

Schon längst und wiederholt hatte die entsetzte Fliege versucht, das Rindeneiland zu verlassen. Sie hatte sich dabei sogar vorgenommen, ein neues, bescheideneres Leben anzufangen. Aber überall, in gewissen, unterschiedlichen Distanzen fand sie eine gefrorene Luftschicht, die sich zwar durchsehen, aber nicht durchfliegen ließ. Wuppy vermeinte anfangs, sich verirrt zu haben, doch stellte sie fest, daß ihre Umgebung dieselbe war und blieb.

Fünfzehn Werst vor Wladiwostok hielt der Zug auf offener Strecke infolge Achsenbruches. Der Kornhändler öffnete das Fenster, um nach der Ursache zu fragen. Dann öffnete er die Flasche, um zu trinken; mußte aber vorm Trinken erst niesen. An diesem Fliegentage fand Wuppy, der Luftströmung folgend, einen Ausweg und war auf einmal auf einer Wiese, auf ihrer Wiese. Der Gefahr entronnen, blähte sie sich sofort übermütig auf.

Sonderbar: Die Blumen hatten sich verändert. Wie lange mochte es wohl – – Es schien doch, als – –. Wuppy kam aufs philosophische Nachdenken. »Ja!« – »Aha!« – »Seltsam!« – »Aber selbstverständlich!« Aber wie lange mocht es nur her sein? Wuppy suchte vergeblich nach ihren Gespielen. Endlich entdeckte sie den alten Brummer vom Kaninchenaas. Tobbold, oder wie er hieß, ein unwissender Proletarier. Aber aus Neugierde sprach Wuppy ihn an: »Na, Vater Tobbold, was machen denn die alten Knochen?«

Der alte Brummer glotzte, ohne zu antworten. Offenbar war er vertrottelt, denn auch sein Äußeres war verzerrt. Als aber Wuppy nun auf andere Fliegen stieß, die alle keine Antwort gaben und alle auch äußerlich entstellt waren, fragte sie sich: Sollte eine ganze Generation Fliegheit vertrotteln können? Dann reflektierte sie weiter: Ich, Wuppy, habe das Problem aufgerollt, ob eine ganze Generation Fliegheit vertrotteln kann. Da meine Mitfliegen diesem Gedankengang ersichtlich nicht zu folgen vermögen, muß ich doch ein – ich darf aus genialer Demut nicht aussprechen, was – sein.

Der große Wahn verstärkt die positiven Fähigkeiten. Wuppy erblickte auf 20 Meter Entfernung eine ihr von Jugend und Großmuttern her bekannte Gefahr: das Laubfrosch. Wuppy begnügte sich nicht damit, ihr Leben in Sicherheit zu bringen, sondern stellte eine Intelligenzprobe an, indem sie in Überlaubfroschhupfhöhe kreiste und durch provozierendes Lachen das Frosch reizte. Es quackte wütend, schließlich kleinlaut. Wuppy wurde in diesem superioren Moment mordsmäßig durch eine Schwalbe erschreckt, die in Rüsselbreite an ihr vorbeisauste. Wuppy flüchtete. Die Schwalbe folgte. Wuppy setzte sich auf einen Ast. Die Schwalbe auch. Wuppys Herz klopfte zum Zerspringen. »Ich fresse Sie nicht«, sagte die Schwalbe beruhigend, »ich bin schon satt.«

Die Schwalbe suchte Unterhaltung. »Ich bin noch

gar nicht lange aus Afrika zurück. Auf dem Meere – – wissen Sie, was ein Meer ist?«

Wuppy schüttelte furchtsam den Kopf.

»Sie brauchen keine Angst zu haben«, versicherte die rührende Schwalbe, »vielleicht interessiert es Sie, von meinen Reiseerlebnissen zu hören.«

»Wenn Sie mir Ihr Ehrenwort geben, daß Sie mich nicht fressen«, sagte Wuppy heiser vor Aufregung.

Die Schwalbe gab's. »Ich weiß sehr wohl, was ein Meer ist«, hub Wuppy dreist an, »und habe überhaupt in meinem tausendjährigen Leben mancherlei –«

»Tausendjährig?« fragte die Schwalbe.

»Ja, tausendjährig. Ich habe hier noch erlebt, daß die Luft stellenweise gefror; ich weiß nicht, ob Ihnen der Begriff Eiszeit geläufig ist.«

Die Schwalbe zog ein sehr einfältiges Gesicht. Wuppy wippte und fuhr dann, mehr wie zu sich selber, aber immerhin sehr laut und deutlich fort: »Damals vor dem Seesturm, als ich das D-Zug zum Stehen brachte.«

»Bitte, erzählen Sie!« bat die Schwalbe.

»Nein, ich spreche nicht gern davon. Außerdem nehmen mich zur Zeit ernste philosophische Probleme so in Anspruch – – Sicherlich ist Ihnen doch wohl bekannt, wer ich bin –?«

»Nein«, sagte die Schwalbe.

»Nein?? Ach wie drollig!« Wuppy lächelte gezwungen. »Aber schon recht. Reden Sie ganz wie mit Ihresgleichen. Sie wollten Erlebtes berichten. Es ist mir durchaus nicht uninteressant, so was in der primitiven Vorstellungsweise, in der naiven Sprache des Volkes zu vernehmen.«

»Ich wage es nicht«, sagte die Schwalbe.

»Papperlapapp! Schießen Sie mal los mit Ihrem Schwalbenlatein.«

Die Schwalbe begann eine lange Geschichte anspruchslos vorzutragen. Wuppy hatte drei Beine über drei andere geschlagen und sich ein wenig abgedreht, als hörte sie nur mit einem Ohr zu. Sie hörte aber überhaupt nicht zu, sondern erwog heimlich Fluchtpläne. Plötzlich brach die Schwalbe ihre Erzählung ab.

»Nun? Was weiter?« fragte Wuppy.

»Mich hungert«, sagte die Schwalbe verlegen und wurde rot. Im selben Moment schwirrte Wuppy, was sie schwirren konnte, in die Tiefe hinab, um sich ins Gras zu retten. Dort wurde sie vom Laubfrosch verschluckt. Die rote Schwalbe aber flog verärgert nach Afrika zurück, wo sie mit ihrer Farbe viele Büffel wild machte. –

Der aus Canada stammende Naturforscher, der den Laubfrosch zersägte, fand die Fliege und sagte: »Ei ei!« Er sagte es natürlich auf Englisch. »Egg egg!« Wuppy legte zufällig in diesem Augenblicke ihr erstes Ei. Sie war längst in dem Alter. Diese vermeintliche Reaktion ließ den Naturforscher selig erschauern. Die Entdeckung war gemacht, der theoretische Beweis einmal praktisch belegt. Es gab eine tierische Vernunft im menschlichen Sinne. Es gab eine Verständigungsmöglichkeit zwischen Insekt und Professor. In der Stärke und Sicherheit dieser Überzeugung gelangen dem Forscher weitere Fortschritte. Es bedurfte nur eines Rohres mit feinsten Membranen. Das hatte Professor Nipp aus Canada schon mitgebracht.

Die Fliegensprache zerfällt erstens in einen pantomimischen Teil. »Guten Morgen« heißt z. B. auf fliegisch nicht »Good morning«. Rechtes Mittelbein dreißig Grad nach oben gekrümmt bedeutet: »Wie spät ist es?« Mit unermüdlichem Fleiß lernte Professor Nipp Fliegisch. Der phonetische Teil dieser Sprache kennt keine Maskulina.

Nipp schloß einen Vertrag mit der Fliege. Sie verpflichtete sich, den Professor auf einer sechsmonatigen Vortragsreise durch Canada zu begleiten und während der Vorführungen durch promptes Antworten und folgsames Reagieren die demonstrative Beweisführung des Professors zu unterstützen. Dieser verpflichtete sich dagegen, ihr während der Reise angemessene Nahrung und Unterkunft zu bieten, und garantierte dafür, daß das Auftreten der Fliege im streng wissenschaftlichen Rahmen bliebe und keiner merkantilen Ausbeutung ausgesetzt sei. Wuppy unterzeichnete den Gegenkontrakt fliegisch mit mehreren plastischen Pünktchen.

Professor Nipp kabelte nach Canada, bestellte Säle, Reklame und Impresario. Er kaufte ein schönes Fliegenspind, setzte Harzer Käse, Erdbeeren und Pferdedung hinein und bat Wuppy, näher zu treten. Dann schiffte er sich und sie ein.

Es war eine herrliche Überfahrt. Die frohe, durch eine gewisse wissenschaftliche Weihe gehobene Stimmung des Professors machte ihn aufmerksam und gütig gegen alles und jedermann. Er kletterte mittags ins Matrosenlogis hinunter, spendierte Kognak und unterhielt sich mit den Seeleuten. Es waren merkwürdige Kerle, etwas einseitig, aber durchaus gar nicht dumm, sondern sogar nachdenklich und amüsant. Wie sie bei großer Weltkenntnis oft noch am seltsamsten Aberglauben festhielten, wobei ihre schnurrige Phantasie die wunderlichsten Wege ging.

Der Leichtmatrose Fritzsche erzählte von dem unmenschlichen Riesen Tabarz, den er schon mehrmals auf See angetroffen hätte. Professor Nipp lächelte, aber auch die eignen Kameraden nahmen Fritzschen nicht ernst, weil er aus Friedrichroda stammte. Der Leichtmatrose stieg beleidigt an Deck. Nach einer halben Stunde rief er dringlich von oben herab: »Herr Professor! Herr Professor!«

»Was gibts?«

»Er ist da!«

»Wer ist da?«

»Der Riese. Wollen Sie ihn sehen?«

»Ei ei«, sagte der Naturforscher und kletterte an Deck. Die andern folgten. Die See lag glatt. Nirgends im Rund war Land oder ein Schiff zu erblicken. Kein Wölkchen zeigte sich am blauen Himmel. Die Matrosen lachten.

»Na, wo steckt denn Ihr Herr Tabarz?« fragte Nipp freundlich eingestellt.

»Dort!« Fritzsche zeigte überallhin.

»Wo?«

»Sehen Sie den blauen Himmel?« fragte Fritzsche.

»Freilich, aber –«

»Nun, der ganze blaue Himmel ist ein Stück mittelste Füllung von einem Knopf an der Hose von dem Riesen Tabarz.«

Der Professor wurde in diesem Augenblick vom Steward abgerufen.

In Nipps Kabine war eingebrochen worden. Fritzsche hatte, ohne böse Absicht, nur aus Neugierde, das Fliegenspind entdeckt. Und weil er den Käse und die Erdbeeren darin für die Hauptsache und die Fliege und den Pferdedung für die Nebensache ansah, so hatte er die Hauptsache aufgefressen und das Nebensächliche zerquetscht.

Sie steht doch still

Ein großer Dampfer schiebt sich durch den Ozean. Auf dem Gitterwerk über dem Maschinenraum liegt ein kranker Mann, das schmutzige Gesicht auf die heißen Stangen gepreßt, nicht schlafend, nicht wachend. Schwüle Dämpfe steigen von unten herauf und hängen Perlen an seine Stirne. Wenn er die Augen öffnet, sieht er Räder, Kessel und Stangen. Er sieht sie jetzt auch mit geschlossenen Augen. Die Maschine stampft, schlägt, braust, dröhnt, wie sie Tag und Nacht tut. Heute hört er es. Dabei wartet er mit Angst auf ein Glockenzeichen. Es muß gleich kommen. Vergeblich versucht er zu schlafen, nichts zu denken. Er sieht Räder, Kessel, Stangen, er denkt an die Glocke und hört das Dröhnen der Maschine. »Sie steht nicht still«, flüstert er vor sich hin. Plötzlich liegt Udo neben ihm.

Udo ist schon zwei Wochen tot. Er ist verrückt geworden und über Bord gesprungen, weil – – sie nicht stillstand.

»Udo, glast es bald?« fragt der kranke Mann.

»Noch eine Minute«, gibt der andere zurück.

»Udo, – – ich kann nicht mehr.«

Udo grinst blöde und schweigt.

»Nicht wahr, sie steht nicht still?«

»Nein, sie steht nicht still.«

»Aber wenn wir alle nicht mehr wollen?«

»Alle?« – Udo lacht hart. »Ihr müßt und ihr wollt.«

»Udo, ist die Minute bald um?«

Niemand antwortet. Der kranke Heizer ist allein.

Acht Glockenschläge gellen häßlich durch den gleichmäßigen Lärm. Es klingt wie das »Hü, Hü« eines Kutschers.

Der Mann erhebt sich matt und steigt mit klappernden Holzpantoffeln die schwarze Wendeltreppe hinab. Hansen, der abgelöste Heizer, übergibt ihm eine Feile und spricht dabei etwas. Er versteht es nicht. »Sie steht nicht still«, murmelt er, ohne aufzusehen.

»Wer steht nicht still?« fragt Hansen verwundert.

»Ach – Udo hat's gesagt.«

Hansen dreht sich ärgerlich um und steigt mit einer höhnischen Bemerkung an Deck. Der Mann unten legt die Feile fort, nimmt eine Kanne und beginnt zu ölen. Der Maschinist tritt aus dem Heizraum ein. Er gibt irgendeine Anweisung. Der Heizer tritt an das große Rad, um das Ölbassin aufzufüllen. »Sie steht nicht still«, stöhnt er ganz leise und schauert dabei zusammen, als ob er fröre. Auf einmal ist der Heizer nicht mehr da. Es klingt schrecklich, wenn ein menschlicher Körper zermahlen wird, noch viel schrecklicher als das kurze Todesgekreisch eines, der verunglückt. Der Maschinist hält sich die Ohren zu und starrt zitternd, bleich, mit verzerrten Augen auf die roten Fetzen an dem rotierenden Rad. – – Im Vorderschiff unter Deck trinkt Hansen Kaffee mit anderen Heizern. Mitten im lustigen Gespräch setzt er seine Tasse nieder und wendet horchend sein Gesicht zu Boden. Dann sagt er tiefernst: »Sie steht doch still!«

Da blieb es nun abwartend auf dem Grunde des Meeres liegen, das Unterseeboot, und lächelte vor Sicherheit über die feindlichen, armierten Fischdampfer, die dreißig Meter darüber wütend nach ihm ausspähten.

Die Besatzung speiste, erstaunlich viel und erstaunlich gut, dann suchte ein Teil dieser gesundheitsprahlenden Menschen in Bänken, Spinden, in der Wand oder in der Luft ihre Schlafstätten auf. Die übrigen Seeleute, darunter der Kommandant, rückten beinahe familiär am einzigen Tische zusammen, und während ihre geringschätzigen Blicke vergeblich die alles überwuchernde, wunderbar wirre Maschinerie loszulassen trachteten, dachte gewiß jedermann leidend an den Tabak, der nicht geraucht werden durfte.

Darüber entstand der Wunsch, die Zeit irgendwie froh gemeinsam zu vertreiben. Schach? Nein. Skat? Der dritte Mann sägte bereits im Schlafe Teakholz oder so etwas. Heizer Karper schaffte das Grammophon herbei. Matrose Schreyer schleppte das Grammophon sofort wieder weg im stummen Beifall aller. Nur noch eine Platte war gebrauchsfähig, die kreiste täglich zehn- bis zwanzigmal. Man hatte an Bord keinen Respekt mehr vor dem Kammersänger Heinz Lebrun. Man pfiff oder trommelte mit Holzpantoffeln und Tischmessern zu seinem ewigen Liede: Wenn dir ein Mädchen recht gefällt, und sie hat einen andern, dann ist's am besten, in die Welt zu wandern. –

»Soll ich einmal mit euch die russischen Schlachtschiffe durchsprechen?« fragte der Kommandant. Doch dieser Vorschlag erfror und weiteren Vorschlägen erging es nicht besser, ob der Indolenz und einer frivolen Sucht der Mariner, jedwede Sache ins Lächerliche zu zerren. »Ich werde an meine Memeler Berta schreiben«, wandte sich Lüng an den leitenden Ingenieur, »wollen mir Herr Aspirant das nicht mal 'n bisken aufsetzen, von wegen das Gör, und daß ich mit Felix Pillak losen will, wer der Vater ist?« Der Aspirant grinste. Hammerbruck gähnte. Karper schwankte in Gedanken faul, ob er das fleckige, in Segeltuch gebundene Heft hervorkramen sollte, worein er sich »Tetsches Hochtid«, »Die Negerbraut« und andere eindrucksvolle poetische Stücke gesammelt hatte.

Grössel, der neue Torpedermaat, den man noch nicht anders als einsilbig kannte, hatte sich auf der Steuerbordbank hintenübergelehnt und die Augen geschlossen, schlief aber offenbar nicht, denn er kaute seiner Gewohnheit nach einen Stengel Vanille zwischen den Zähnen durch. Die andern am Tische machten sich aus Langerweile über ihn lustig. »Piter Grössel zieht seine Sargdeckelvisage.« »Er hat wieder zu tief in die Kömbuttel gepeilt«, spaßte der Olle. Auch unter Seeoffizieren ist es Brauch, sich dann und wann durch unkomplizierte Witzchen populär zu machen.

»Nee, ik glöve, he het's mit de Angst kregen«, krächzte Felix Pillak, »he is bang.« Und Hammerdruck spottete: »He drümt von Ruhm un Ehr und vom isernen Krüz.«

Schreyer fügte in anstrengendem Hochdeutsch und mit besonders schlauem Ausdruck hinzu: »Torpedermaat ist melangscholisch. He denkt an Seemansgrab oder hat Sehnsucht nach sin Fru.«

Solche Bemerkungen lohnte man regelmäßig durch ein tölpliges Gelächter, welches Grösseln feindseliger vorkam, als es war, welches immerhin aber nicht einer gewissen provozierenden Grausamkeit entbehrte.

Der Torpedermaat öffnete die Augen, und die Tischgesellen waren reichlich gespannt auf seine Entgegnung. Denn Grössel hatte ganz speziale Ansichten, so gewählte Ausdrücke und so, und wenn er redete, gab es wenigstens stets Neues zum Belachen. Nun ließ er seine Blicke zugespitzt durch die Runde marschieren und hub dann mit überraschender Ruhe an: »Ihr habt recht. Ich dachte an meine Frau und sann melancholisch über Krieg und Angst und Ruhm und Schrekken nach, und ich habe vordem heimlich Rum getrunken, was ich oft tue, wenn mich die Furcht befällt, ich könnte jemals in unserer Seeinsamkeit so feinfühlig, klugdenkend und wahrheitsliebend werden, als ihr seid. – Laßt euch genauer erklären, was mich soeben beschäftigte; es ist die Geschichte, wie ich mit dem Kreuzer ...«

»Kennen wir!«

»Wissen wir längst! Wie ihr auf die Mine ranntet und du später bewußtlos durch ein V.-Boot von einem Scheibenfloß aufgepickt wurdest.«

»Dat hest du all foffteinmal vertellt.«

»Nur das äußere Allgemeine. Doch dahinter steckt

mehr, was ich euch gern mitteilen möchte, weil – – hm, wozu ein weil?«

»Na, dann lög mal too!« Die Seeleute am Tisch vereinbarten durch geheime Püffe und Augenzwinkern, die angekündigte, angeblich wahre Historie möglichst zur allgemeinen Belustigung auszubeuten.

»Als die Detonation erfolgte« – Grössel nahm die Vanille aus dem Munde und sah, Wort für Wort mit Überlegung berichtend, fortan über die Köpfe hinweg ins Leere – »befand ich mich mit einem Deckoffizier und dem Matrosen Leske im Zwischendeck an der Kantine ...«

»Er soff also mal wieder!« warf der Aspirant lachend ein.

»Leske, der – er tanzt – ich haßte Lesken. Ich kannte ihn bereits vor dem Kriege. Er hat meine Frau behext.

Er tanzte leidenschaftlich, und meine Frau verehrte den Tanz geradezu inbrünstig. Ich selbst goutiere diese Kunst nicht, weil ich ein ungeschickter Tänzer bin. Aber meiner Frau zu Gefallen führte ich ihr auf einem Vereinsball Herrn Leske zu, der gleich mir den Beruf eines Buchhändlers ausübte und mit dem ich als Kollege früher, allerdings mehr geschäftlich, zu tun gehabt hatte.

Ich schaute zu, als er und meine Frau tanzten. – Es war wie Meeresdünung, wie Möwenflug.

Hatte ich bisher geglaubt, der Tanz sei eitel Übermut und stimme zur Lustigkeit, so beobachtete ich nun überrascht, daß meine Frau und ihr Partner in einem jener modernisierten exotischen Tänze aneinandergeschmiegt, in Haltung und Bewegung gleichsam einander ergänzend, fragend und antwortend, daß sie weder einmal lächelten noch auch nur eine Silbe mitsammen redeten; daß vielmehr während dieses langwährenden Kreisens, vor dem sich alle anderen Paare wie bewundernd zurückgezogen hatten, ihre Augen mählich einen wunderlichen Glanz von Schwermut annahmen. Das war es wohl, was mich auf die närrische Idee brachte, sie mit zwei vom Strudel Ergriffenen, die treu umschlungen hinaus in die offene See gerissen werden, und mit einem gestorbenen Geschwisterpaar zu vergleichen, das ein Engel auf Fittichen zum Himmel trägt ...«

»He snackt as 'n Fiefgroschenroman«, unterbrach Felix Pillack, und einige von den anderen stießen ein Gelächter auf, welches der Kommandant jedoch durch einen gutmütigen Wink abschnitt.

»Ich sah also den beiden Tanzenden zu, anfangs, sie froh wähnend, mit Freude, später eigenartig ergriffen, aber, bei Gott, durchaus ohne Eifersucht. Die war mir bis dahin fremd geblieben. Ich hatte mit Elsen in einem unbefangenen, ich möchte sagen, durchsichtigen und uferlosen Glücke gelebt; mehr innige Freunde als Gatten. An jenem Festabend ging das entzwei. Felix möchte vielleicht nicht mit Unrecht wieder behaupten, es vernehme sich wie ein Groschenroman, wenn ich ausführen wollte, wie meine Frau seitdem stiller, verschlossener und nach und nach kränklich wurde, wie ihre verweinten Augen mich erschreckten und ich mir über die Ursache ihres uneingestandenen Kummers, die möglicherweise anfangs noch ein unbewußtes Sehnen war, Sorgen machte; wie ich umsonst alles aufbot, Elsen zu beglücken, sie zu heilen, und wie häßlich, drückend sich die Wochen hindehnten, bis ich herausbrachte, daß Leske, der Tänzer, es meiner Frau angetan hatte, er, der keine zehn Worte mit ihr wechselte. Sie bekannte es nie. Aber während wir einst einen Schloßpark querten, brach sie in Schluchzen aus, da sie, auf einen Busch Hortensien deutend, unvermittelt mir zurief: ›So marmorn vornehm bist du! Aber ich – –.‹ Und ein andermal flüsterte sie im Schlafe deutlich vernehmbar den Namen Leske.

Lacht nicht! Die von euch selbst verheiratet sind, mögen sich vergegenwärtigen, welchen Reichtum an Jugendhoffnungen und Idealen, an wonnewilder Männerfreiheit und bunten, lebenstrunkenen Freundschaften wir hingaben, da wir heirateten, und wie eisig uns eines Tages die Erkenntnis anwehen muß, daß wir dieses Unersetzliche für einen Trug opferten.

Als mich solchermaßen jähe, frostige Klarheit überfiel und ich mir augenblicklich die Beobachtung rekonstruierte, Else habe mich seit langem lieblos behandelt, da mischte sich ein harter Groll in meine Liebe zu ihr. Es war, als blickte ich verwünschend und weinend vom abendlichen Ufer einem entschwindenden Segel nach, mit dem ein Seeräuber mein Liebstes entführte.

Ich fing an, diese Frau und unser Töchterlein mit Vorwürfen und Argwohn zu quälen. –

Sie ertrugen's stumm und geduldig; das reizte noch mehr.

Leske ist niemals unser Gast gewesen. Seitdem er auf jenes Fest hin mir eine einfache lobende Artigkeit betreffs der Tanzmeisterschaft meiner Frau geschrieben hatte, sah und hörte ich für Monate nichts mehr von ihm und mied ihn. Heute meine ich, daß er, von seiner Tanzbegeisterung abgesehen, weiter kein Interesse an meiner Gattin nahm. Damals, durchs Prisma der Eifersucht, sah ich anders. Als dann der Krieg mich von Weib und Kind trennte und zufällig zum Vorgesetzten meines vermeintlichen Rivalen machte, da ließ ich einen rohen Haß auf diesen Mann los, indem ich, die mir zu Gebote stehende Macht ausnutzend, ihn schikanierte, drangsalierte, wo immer sich Gelegenheit bot. Oft drohte es meinen Verstand zu zerstören, daß auch dieser Matrose meine Verfolgungen ohne Widerspruch hinnahm, ja, sie gar nicht zu erfassen schien. Derweilen, und bis heute, führte ich mit meiner Frau eine nicht zu umgehende, erquält gefällige, schleppende Korrespondenz. Und doch liebe ich diese Frau. Wie ich sie liebe! – – Ei, wohin gerate ich? – Nun lacht! – Lacht doch! –

Leske konnte so lachen. Immerzu lachen, und singen und tanzen. Ach, wie haßte ich diesen kritik- und gehaltlosen Frohsinn an ihm und den meisten anderen Leuten.

Leske war nie verdrossen. Er wartete, wenn wir einliefen, stets als erster zur Urlaubsmusterung angetreten, ein schneidig angezogener, sehniger, hoher

Bursche, dem ein unbezwingbares Verlangen nach den billigen Landvergnügen der Matrosen aus den Augen blitzte. Dabei doch jederzeit ein eifriger Soldat, ein flinker Seemann. – Hm.

In einer stillen Stunde, am Tage, da wir die englischen Häfen beschossen hatten – ja, ein winziges Insekt, eine Fliege war es, die meinen Gedankengang zur Reue lenkte –, sah ich meine Ungerechtigkeit ein, bekannte ich vor meinem Gewissen, daß die ausfüllende Freude an den anspruchslosesten Amüsements mich nur deshalb ärgerte, weil ich den Weg zu ihr nicht fand, weil ich Lesken samt seinen Gleichgesinnten darum beneidete. Ich hatte mich in der Zeit vorangeträumt und angenommen, Leske sei in einem Gefecht gefallen. Da dünkte mir auf einmal, sein leichter Frohmut habe etwas kindlich Rührendes, fast Heiliges gehabt.

So tappen wir in den engen Straßen der Stadt an manchem schönen Haus neunundneunzigmal achtlos vorüber, bis wir beim hundertsten Male vom rechten Abstand aus unvermutet gebannt seine Reize erschauen.

Also von da an behandelte ich den Matrosen mit Herzlichkeit. Er nahm solches Wohlwollen mit demselben höflichen Gleichmut auf wie bisher meine Feindseligkeit. – Kurze Zeit nachdem zwang Nebel unser Schiff, abends dicht vorm Hafen noch zu ankern. Ich trat im Zwischendeck an die Kantine heran, um Zwirn zu kaufen, im Wahrsten, um Lesken, der dort im blauen Urlaubsstaat pfeifend auf und ab lief, ein

Freundliches zu sagen. Bevor ich jedoch noch hierzu kam, stürzte ein Deckoffizier heran, forderte aufgeräumter Laune einen »Polargestimmten« und rief dem Matrosen zu: »Na, Glückwunsch, Leske! Ihre Paradebüchs hat's Wetter umgestimmt. Die Luft klart sich, wir lichten Anker.«

Leske antwortete nur mit einem glückseligen Wiegen des Oberkörpers, das ein unbeschreibliches, wehes Gefühl in meiner Brust bewirkte. –

Tanz. –

Ich habe das nicht vergessen trotz der folgenden gewaltigen Ereignisse. Denn unmittelbar danach geschah die Explosion. Ein gräßlicher Schlag, ein minutenlanges schauriges Prasseln, Splittern, Krachen und Rauschen.

Sämtliche Lampen waren auf eins verloschen. Der Boden entglitt meinen Füßen, ich bekam in der Finsternis einen Stützen zu fassen, hatte den blitzartigen Gedanken, es sei merkwürdig, daß ein großer Kreuzer auf See genauso umkippe wie ein Spielzeugschiff auf dem Kindertisch. Darauf wurde ich von eisiger Flut eingehüllt, erinnerte mich konzentriert einer Deckschiene, die zum Aufgang des Zwischenraums leiten mußte, ertastete diese Schiene, enterte mich in höchster Anstrengung und Angst, ohne zu atmen, daran entlang – und auf einmal stieg ich, erreichte die Luft. Die göttliche Luft.

Es war auch hohe Zeit, denn schon begann es in den Schläfen zu hämmern. Nun schwamm ich, geradezu, immer geradezu, vor mir und zu beiden Seiten Nebel und Wasser in einer erbarmungslosen Färbung vermengt. Darin rudernde Arme, rote, keuchende, schreiende Gesichter. Bis ich des Floßes mit der Pängscheibe ansichtig wurde, welches wir für Schießübungen an Bord geführt hatten. An dem eisernen Bügel zog ich mich hinauf. Am anderen Ende hing schon jemand festgekrallt; es mußte der Decksläufer sein, denn er war mit dem Seitengewehr umgürtet. Das bemerkte ich sofort, obwohl ich Mühe hatte, mich selbst auf dem Gebälk zu balancieren, das durch meine Last sich bedenklich unter die Wasserfläche drückte. Meine Sinnenkraft schien verzehnfacht, ich vermochte gleichzeitig nach verschiedenen Richtungen hin die geringsten Einzelheiten wahrzunehmen.

Wir, das heißt: das Floß und im eng vom Nebel begrenzten Umkreise mehrere Schwimmer, die auf uns zustrebten, wurden von der Strömung langsam davongetragen; zu meinem Schrecken ließen wir ein Geräusch von Ruderschlägen und Kommandostimmen hinter uns zurück.

Der Läufer und ich: Wir sprachen uns nicht an, unser Atem war noch zu aufgebraucht. Wir hingen an dem Bügel und verfolgten kalten Auges das Schicksal der Menschen im Wasser, die sich auf uns zuarbeiteten, würdelose, krasse Selbstsucht in den Mienen und mit käferhafter Brutalität, wenn sie zusammengerieten. Nun griff der Vorderste von ihnen nach dem Floß, und dieses sank mit uns rasch unter. Aber wir tauchten wieder empor, der Läufer und ich noch am Bügel. Der Dritte hatte losgelassen, schwamm neben uns her und versuchte von neuem, die Pängscheibe zu erreichen. Ich wollte abwehren. Das Floß trüge uns drei nicht. Ich blieb vor Kälte stumm und regungslos. –

Könnte ich das angstvolle Gesicht vergessen und die verzweifelte, violette Hand, die nach dem Bügel haschte.

Sie faßte ihn. Aber der Läufer riß im Nu sein Seitengewehr heraus und tat einen entsetzlichen Hieb.

Danach war der dritte Mann nicht mehr da. Seine gekrümmte Hand jedoch, mit blutigem Gelenkstumpf, hing noch mehrere Augenblicke lang am Bügel, bis sie als ein kraftloser Gegenstand herabfiel.

Mittlerweile hatte sich die Zahl der um uns herum im Wasser ringenden Seeleute vermindert; die Strömung oder Kopflosigkeit hatten sie zerstreut, viele mochten erschöpft in die Tiefe gegangen sein, andere verbarg die dicke Luft. Aber während wir mit dem sich sanft um seine Achse drehenden Floß stetig weiterschlichen, zeigten sich neue Bilder des Unglücks und verloren sich wieder im grauen Dunst.

Da trieb ein Hund; er hatte an Bord dem Oberfeuerwerker gehört und uns oft zur Kurzweil gedient. Dieses Tier und ein Leutnant schwammen einander entgegen, ganz nahe von uns, so daß mir deutlich der Ausdruck in beider Augen auffiel: der Leutnant in einer fast tierischen Gier etwas zu packen, was ihn über Wasser hielte, der Hund mit einer herzergreifenden, flehenden Hilflosigkeit. Welche Szenen! Da ruderte der Lotse, der dicke, dreiste Kannebier. Plötzlich hob er die Arme, schrie mit durchdringender Stimme: »Jesus Maria, meine arme Frau!« und sackte ab.

Für das alles hatte ich Augen, ich, der ich fror, schrecklich fror, mit den Zähnen klapperte und nicht wußte, wo wir hinsteuerten – für mich nur den instinktiven Vorsatz: Halte fest und rühre dich nicht! –

Der Läufer drehte mir den Rücken zu. Noch immer hatten wir kein Wort gesprochen. Es grauste mir vor dem Manne, der den Arm durchschlagen hatte. Er schwang noch die blanke Waffe in der Rechten. ›Laß uns laut schreien‹, rief ich ihn endlich an. Er wandte sich um.

Schauerlich! Offenbar hatte ihn der Wahnsinn befallen. Seine Augen waren herausgequollen, das Gesicht grünlich, und aus seinen Mundwinkeln floß dicker, ekelhafter Schaum.

Er entgegnete, nicht laut, aber in einem unerhört grauenhaften Tone: ›Wenn du schreist, stech ich dir das Hirn aus, Brüderchen.‹ –

Ich war bereits gelähmt von der eisigen Kälte. Ich wollte einen Plan bauen für den Fall, daß mich der Wahnsinnige angriffe, aber meine eigenen Gedanken brachen auseinander.

Dann oder viel später kam für kurze Frist ein Toter in unseren Sichtbann, ein alter, weißhaariger Heizer, der mit angezogenen Armen und Beinen, mit offenen, glasigen Augen erstarrt auf dem Rücken dahintrieb. Sein Trauring glänzte. – Vielleicht habe ich später zeitweilig das Bewußtsein verloren; ich erzählte euch bereits, daß ich viele Stunden auf dem Floß zugebracht haben muß. Jedenfalls erwachte nach einem apathischen Zustande mein Erkennungsvermögen plötzlich, da ich mich bei klarem Wetter auf weiter, von einer kräftigen Brise gewellten See befand und nicht ohne Genugtuung den Läufer vermißte. Das Floß, dessen Metallstange ich noch immer krampfhaft umklammert hielt, schaukelte lebhaft im Seegang, und in seinem Kielwasser gewahrte ich etwas Neues, etwas Gräßliches; einen toten Matrosen – Lesken. Ohne Zweifel war es Leske. Er hatte einen anderen Mann umschlungen, und in dem erkannte ich jenen weißhaarigen Alten wieder. Er lag über diesem Leichnam und unter ihm, sie drehten sich beide Brust an Brust in der wogenden Strömung umeinander. Auch Leske tot und steif, aber mit geschlossenen Lidern und die Arme wie im Tanze um den anderen Ertrunkenen verschränkt. Sie drehten sich – sie tanzten. Tanzten immerzu. Ich wendete mich ab, sah ein Boot und fiel wohl dann in Ohnmacht ...«

Der Sprecher pausierte und ließ wieder seinen festen, ruhevollen Blick kreisen. Einige der Zuhörer ertrugen diesen, andere senkten den Kopf. »Mir hat«, fuhr Grössel fort, »kürzlich ein Straßenmädel die Karte gelegt, eine fremde, aufgelesene Dirne, die nichts über meine Verhältnisse wissen konnte, ich trage auch keinen Ring; die prophezeite mir unter anderem, ich würde meine Frau nicht wiedersehen. – Nun ...«

Grössel sprach nicht weiter. Die Gesellschaft schwieg ernst, und weil sich eine gewisse Verlegenheit anmeldete, stand der Torpedermaat auf, zog das Grammophon hervor und stellte es an.

Heinz Lebrun sang mit weicher, reiner Stimme:

> ... Wenn dir ein Mädchen recht gefällt,
> Und sie hat einen andern,
> Dann ist's am besten,
> Aus der Welt zu wandern. –

Bis das Lied ausklang, und darüber hinaus, bewahrten die lauschenden Seeleute eine aufrichtige, andächtige Stille – – dort unten, in dem Boote, dreißig Meter unter dem Meeresspiegel.

»Die Weiber sind billig hier, jetzt während des Krieges.«

»Ja – unter pari, Herr Aufsichtsrat.«

»Sie machen sich wohl gern über mich lustig, Herr – Kunstmaler?«

»Nein, ungern. – Übrigens betrachten Sie einmal diese Fülle von Seegras. Liegt es nicht da wie nasses Frauenhaar?«

»Frauenhaar?«

»Nun ja, abgeschnittenes, betræntes Witwenhaar, vom Meere mit dem Rufe ›Wohlfeil‹ ans Ufer geworfen.«

»Sauerkraut sieht auch so aus. Das sind Künstlermeinungen. Besteht die Hauptaufgabe der Kunst darin, alle Dinge zu verwechseln? Eine Träne für eine Perle, eine Perle für eine Träne anzusehen, ein Orgelspiel für Meeresbrausen – – ahh! In gelber Seide! Die Dame mit dem Echo!«

»Sie geht zu Jantzen – soupieren.«

»Steigen wir ihr nach. Wollen wir ein wenig schlemmen, Herr Künstler?«

»Gut, um uns in vertauschten Rollen zu präsentieren. Auf denn! Es dunkelt schon. Aber auf die Gelbe zählen Sie nicht. Ihr Herz klopft lediglich für die Marine.«

»Weiß wohl; sie leidet am Blauen-Tuch-Koller. Heute ein Kapitän, morgen ein ganz gemeiner Matrose und als neuestes sogar eine Strandpromenade mit dem Herrn Admiraaal.«

»Warum lassen Sie sich nicht ebenfalls blaue Knöpfe aufnähen?«

»Um später als Krüppel vollständig außer Konkurrenz gestellt zu sein, danke.«

»Ich habe einen Verdacht auf die Echodame – übrigens: Warum nennt man sie so?«

»Weil ihre Stimme ...«

Damit hatte sich das Gespräch hörweit von dem leergewordenen Strandkorb entfernt. In dessen unmittelbarer Nähe hinter einem der von Kindern gebauten Sandkrater, die dem Strande das Aussehen einer Mondlandschaft leihen, richtete sich nun mit einem schwachen Seufzen oder Räuspern ein Matrose vom abendfeuchten Boden auf. Unbeholfen erhob er sich, trat in der Dämmerung vorsichtig drei Schritte vorwärts und blieb, die hohe Brust und das Gesicht nach der See gerichtet, etwa eine halbe Stunde unbeweglich stehen.

Er wandte sich auch dann nicht, als zwei späte Spaziergänger, junge, aus gelangweiltem Frohsinn kichernde und tuschelnde Damen, im Gleichschritt heranmarschierten, die, umschlungen, sich auf den Laufplanken von Seite zu Seite drängten und schließlich hinter dem Seemann einen Korb besetzten.

»Friedel, schau mal den!«

»Hui, ein schneidiger Kerl. Welche Heldenbrust.«

»Und der Wuchs; wie eine Statue. Das ist das echte Prototyp eines Matrosen. Deutschland zur See, übers Meer Ausschau haltend. – Gelt, die Marineuniform ist doch schön? – Ich könnte solche Idealgestalt ...«

»Willst du dich etwa verlieben, Mirzl?«

»Hab schon – – o Gott! ...«

»Pfui. Deine Idealgestalt kratzt sich. Und schau nur! Schau nur! Wie steif er sich niederläßt ...«

»Lach doch nicht so – das hängt vielleicht – ha ha – mit dem Kratzen zusammen.«

»Pst! Er hört alles. Komm, wollen ihn mal fragen, was das dort für ein Schiff sei.« –

»Verzeihen Sie. Können Sie uns wohl sagen, was das dort für ein rotes Licht ist?«

Er stand nicht auf vor den Damen. Die begeisterte Meinung der zum Lachen geneigten Freundinnen sank ein wenig und gleich darauf bedeutend, als der deutsche Seemann gutmütig bieder zurückfragte: »Das Lichd? Uff'n Wasser dord? Das rode Lichd?«

»Ja.«

»Das is' ä Dorbedopoot.«

»So, ein Torpedoboot.« Mirzl stieß heimlich Friedln an. »Ich glaubte, es sei die Fähre.«

»Nee, ä Dorbedopoot.«

»Sie sind gewiß auch auf einem Dorbedo ...« Mirzls Frage blieb in einem Lachausbruch stecken.

»Ich war. Jetz bin ich zor Erholunk hier.«

»Aber Mirzl, nu meckere doch nicht in einem fort über die alte Geschichte. – Meine Freundin hat nämlich so was Komisches erlebt. – Also zur Erholung? Dann haben Sie wohl schon Seegefechte mitgemacht?« –

»Eens, ä kleenes.«

»Das muß furchtbar sein. Erzählen Sie uns doch davon. Auf welchem Schiffe waren Sie denn? – – Sie erlauben wohl, daß wir uns auf einen Moment hierhingießen? …«

»Nu nadierlich. Aber 's ist feichd. Wolln Se sich nich uff meene Jagge setzen?«

»Nein, danke bestens.«

Mirzl zögerte noch. Es schien ihr doch ein bedenklich kühnes Abenteuer, sich im Finstern neben einem fremden Matrosen zu lagern. Jedoch im Grunde fühlte sie sich über seinen Charakter im klaren.

»D'n Namen von dem Schiff darf ich nich verraden. Das Gefächd war ooch egendlich gee Gefächd. Ä Greizer dauchde bletzlich uff un warf ä baar Granaden an Bord …«

»Nein, ist so was möglich?«

»Ja. Gerade middags in d'n Hammelgohl.«

»Sie speisten also zu der Zeit? Haben Sie denn die Schüsse erwidert?«

»Ja, wir feierden ooch riewer, aber der Greizer rikde aus.«

»Aber Friedl, da ist doch nichts Lächerliches bei. Stelle dir einmal vor, du müßtest im Granatenhagel mit solcher donnernden Kanone hantieren.«

»Ach, das is garnich so schlimm wie mer dengd. Iwrichens hawe ich gar nich mid geschossen.«

»Sie waren jedenfalls unten an der Maschine beschäftigt?«

»Nee, ich bin Schduard; ich ging gerade mid vier Dellern Hammelgohl über Deck.«

»Nun, das ist ja alles eins – Mirzl, nimm dich endlich einmal zusammen; jeder tut dort seine Pflicht, wo er hinpostiert wird. Und die Gefahr droht allen.«

»Na ä'm. Bei der Marine gann mer sich de Arweed nich aussuchen.«

»Nein, das meinte ich auch. Sie konnten ebenso leicht getroffen werden wie die Leute an den Kanonen.«

»Mich had's ooch erwischd. Ä Granadschblidder haude mir alle vier Deller um die Nase ...«

»Still! Mirzl, da kommt jemand. Wir sind also nicht die einzigen Nachtschwärmer.«

»Das is ä Landoffizier mid der Echodame; mer heerd's.«

»Wie? Kennen Sie die auch?«

»Nur vom Anheeren. Ich genne se alle; ich sitze hier alle Awende.«

»Aber in bezug auf das rote Licht haben Sie sich doch geirrt; es ist die Fähre von Dänemark.«

»Ach ja, de Fähre von Dänemark; das deischd manchmal.«

In der anspruchslosen Frohlaune, worin sich die Damen befanden, blieb ihnen die Unterhaltung mit dem Sachsen noch länger amüsant. Nur bedauerten sie, daß die Dunkelheit sein Gesicht verbarg.

»Rauchen Sie nie? Rauchen Sie uns doch bitte was vor.«

»Nee, ich rooche jetz nich.«

»Sie haben gewiß schon das Eiserne Kreuz?«

»Ja, das is ooch bei mir hängengebliem.«

»O bitte, zeigen Sie doch mal!«

»Das gann mer jetz nich sehen.«

»Warten Sie, wir haben Feuerzeug. Friedl!«

»Nee nee, lassen Se man. Machen Se lieber geen Lichd. Ich darf nämlich, offen geschdanden, nach acht Uhr nich mehr an d'n Schdrand. Das is fier Soldaten ...«

»Verboten. Richtig, richtig.« –

»Hm, wo nur Emil heide bleibd?«

»Erwarten Sie jemanden?«

»Ja, mei Freund wolde mich abholen.«

Das gemahnte an die vorgerückte Stunde. Die Damen empfahlen sich mit freundlichen Wünschen für den Matrosen.

»Freileins«, rief der ihnen nach, da sie einige Schritte gegangen waren. Sie blieben stehen. »Wie?«

»Nu, 's is schon kud, kude Nachd!«

»Gute Nacht!« »Gute Nacht!«

»Ooder hm – wenn Se vielleichd – ...«

»Was will er noch?« »Ja? – Herr Fritsche?«

»Mei Freind scheint nämlich nich mehr zu gomm ...«

»Haben Sie noch etwas auf dem Herzen?«

»Ja, wenn Se so giedlich sein wolln und de Freindlichgeet hädden, mich bloß ä Schdickchen, bloß ans Geländer om zu bringen; ich bin nämlich ä bißchen malado uff de Oochen.«

»Was sind Sie?« – »Ach so, Sie – Sie sehen nicht gut. Selbstverständlich. Friedl, gib mal dein Feuerzeug. Seien Sie unbesorgt, es bemerkt Sie niemand.«

Durch die Nacht tönte das Rackern des Rädchens am Feuerstein. Beim aufflammenden Lichte blinzelten die Mädchen neugierig nach dem Matrosen hin, der sich halb erhoben hatte, so daß er nun vor ihnen kniete. Ihre übereinstimmenden Blicke begegneten einander. Friedl sagte leise zu Mirzln, aus trockener Kehle heraus: »Er ist blind.«

»Das wollen wir schon kriegen, lieber Fritsche. Geben Sie mir mal Ihren Arm. Friedl, geh auf die andere Seite. So. – Jedenfalls waren wir recht gemütlich beisammen. Gelt, Herr Fritsche? Ich heiße Mirzl Schwesterling und meine Freundin Friedl Mahler. – Wollen Sie nicht ein Butterbrot bei uns – ach, Sie haben keinen Urlaub? Schade. Dann bringen wir Sie jetzt in Ihr Quartier und morgen abend treffen wir uns hier wieder.« – –

Andern Tages, im Hotel, beim Kaffee teilte Mirzl ihr Erlebnis dem Admiral und seiner Tischnachbarin, der Frau van Huissen – (mit dem Echo) mit. Der Admiral bemerkte nichts dazu, sondern eilte nach einer korrekten Verbeugung fort. Er hatte heute noch eine Bootsdivision und ein Lazarett zu inspizieren, eine Rekrutenvereidigung zu leiten und einer Gerichtsverhandlung in der Stadt beizuwohnen, ferner ein Gutachten abzugeben und den Erlaß betr. Butterzulagen für die F. P. K. zu prüfen. Außerdem mußte er sich den neuen Flugmotor vorführen lassen und abends eine Rede halten – abgesehen von den laufenden Geschäften. Dagegen äußerte die Echodame starkes Mitleid für den Sachsen. »Wenn Sie gestatten, schließe ich mich abends Ihnen an, Fräulein Schwesterling, und bringe ihm eine Tafel Schokolade mit.«

Sie fanden Herrn Fritsche zur Dämmerzeit am alten

Platze, ohne Zweifel über ihren Besuch höchst erfreut. Friedl Mahler war allerdings nicht erschienen und ließ nur herzliche Grüße nebst einer Schachtel Zigaretten durch Mirzln übergeben. Der Sachse lehnte jedoch sowohl die Zigaretten als auch die Schokolade der Echodame ab. Er fing an, nach seiner Weise sehr aufgeräumt zu plaudern. Das teilnahmsvolle Interesse der Echodame für alles Maritime und Mirzls Lachlust rissen ihn zu ausführlichen, oft mit reichlich derben Anekdoten ausgeschmückten Schilderungen hin, und er gab auch ungeniert über seine persönlichen Verhältnisse Auskunft.

Man hatte den sechsundzwanzigjährigen Matrosen, nachdem er wochenlang im Lazarett gelegen, zur Erholung ins Seebad geschickt, wo er mit einem zu seinem Beistand abkommandierten Sanitätsgast verweilen sollte, bis die Fragen seiner endgültigen Entlassung, seiner Pensionsansprüche usw. geregelt wären. Und es war für ihn von militärischer wie von zivilbehördlicher, außerdem noch von privater Seite wohlwollend und ausreichend gesorgt. Über seine bereits unterrichtete Frau äußerte Fritsche, sie würde ihm auch ferner treu bleiben, und »im Dunkeln is gerade kud munkeln«. Er spricht heiter, bescheiden, ohne Sentimentalität von der Zukunft und mit hübscher Begeisterung von seinem bisherigen Marineleben. Es ist sein heißer Wunsch und er hofft, »ooch ohne de Oochen noch ämal was fiersch Vaderland zu machen«. Der Prinz hat allerdings zu ihm gesagt: »Fritsche, Se ham Ihre Schuldichgeet gedahn.«

Während der Unterhaltung horcht der Sachse auf

alle nahen und fernen Geräusche und erklärt sie laut. Sein Unterscheidungsvermögen setzt die Damen in Erstaunen. »Das sin ungefähr zwanzich Infandrisden« – »Das wird Haubdmann Brunner uff seiner Fuchsschdude sein« – »Ja, meine Freileins, wir Blinden hamm ä'm die Oochen in d'n Ohren.« –

Es will aber Mirzln doch bedünken, als ob der Sachse sich nicht so unbefangen gäbe wie tags zuvor. Auch wird er nach und nach wortkarger. Dann unterhalten sie ihn, lustig, vertraulich, jede auffällige Schonung vermeidend; und er hört zu.

Bis spät. Bis Fräulein Schwesterling sich verabschieden muß. Frau van Huissen wird noch bei Herrn Fritsche bleiben und ihn auch heimgeleiten. Sie dringt, als Mirzl fort ist, nochmals in ihn, den kleinen Schokoladenspaß nicht zurückzuweisen. »Nee, ich nähme geene Geschenke nich.«

Sie bittet den Sachsen, ihr einmal genauer solch großes, neues Torpedoboot zu beschreiben. Jedoch er lenkt ab und scheint ihr ernster – traurig geworden. So erzählt sie ihm von Offizieren, die sie im Seebad kennengelernt hat, und von anderem und reizt ihn dabei manchmal zu Gegenbemerkungen. Aber seine Antworten klingen jetzt müde oder zerstreut. An seinem Atem oder irgendworan erkennt sie, daß er noch immer wie erwartungsvoll in die Umgebung lauscht.

Und auf einmal streicht ihre kleine, mit Sammetleder bekleidete Hand über seine Wange, und die berühmte, anmutige Stimme mit dem unbeschreiblichen, glockenhaften Nachhall fragt: »Wissen Sie denn auch,

Herr Fritsche, daß ich eine schöne und reiche Dame bin?«

»Ja«, erwidert er trocken und wehrt unhöflich ihre Hand ab.

»Gommd da nich ä Offizier? Ä Soldat?«

»Es ist dunkel, Herr Fritsche. Wenn er die Laterne passiert, wird sich's herausstellen. Aber haben Sie keine Furcht. Niemand bemerkt Sie hier und – ja, es ist Leutnant Daniel.«

»Gä'm Se mir mal Ihre Hand«, flüstert der Sachse. Er ist lächerlich ängstlich erregt.

»Pfui, wie kann ein Soldat solche Angst haben. – Au! Au! Was machen Sie denn? Sie tun mir doch weh!«

Er hat ihr Handgelenk mit seinen zehn groben Fingern schmerzhaft fest umklammert und an sich gezogen.

»Lassen Sie doch los! Au! Lassen Sie los, oder ich schreie!«

Er sagt kein Wort. Er hält krampfhaft fest.

»Au! Ich werde um Hilfe schreien. Ich schreie!« – Er hält fest.

»Fritsche! – Robert! Sei lieb zu mir!« – Er hält eisern fest. Sie schlägt ihn mit der freien Hand ins Gesicht. »Hilfe! Hilfe!« Sekunden danach reißt der Schein einer Taschenlampe die Gruppe aus dem Dunkel.

»Um Gottes willen, befreien Sie mich von dem Menschen.«

»Was ist denn los? Wollen Sie sofort die Dame loslassen, Kerl!«

»Nee, Herr Leidnand«, schreit Fritsche laut. Sein

Sächsisch wirkt in dieser Stärke abscheulich roh, »nee, ich lasse nich los. Die Frau is eene Schbionin; ich habe de Beweise.«

»Was bin ich? Er ist wahnsinnig. Ich setzte mich zu ihm, weil er blind ist – au! au! Helfen ...«

»Lassen Sie augenblicklich los, frecher Bursche! Ich kenne die Dame ...«

»Nee, se muß uff de Wache, se darf nich endwischen ...«

»Herr Leutnant, bitte hel ... au ... Hilfe! Hilfe!«

»Was fällt Ihnen ein? Ich befehle Ihnen – ich bürge – lassen Sie los, oder ich ...« Er läßt los. Mehrere andere Personen sind inzwischen herbeigeeilt.

»Gnädige Frau, wie peinlich! Ich werde den Kerl exemplarisch bestrafen. Ich bin natürlich überzeugt; ich kenne Sie doch genau – aber – meine Pflicht als Soldat – vergeben Sie! – die Form –. Wir werden das auf der Wache im Nu klarstellen. Der Kerl wird eingesperrt –.«

»Pardon, Herr Leutnant«, sagt ein Herr in Zivil, »Kunstmaler Eckers. Ich bitte, die Denunziation dieses mir fremden Matrosen unterstützen zu dürfen.« – –

»... Betreten des Strandes ... nach acht Uhr ausdrücklich – – khä – verboten, und Sie wußten, daß Sie vorläufig noch den Militärgesetzen – khä unterstehen ...« Der Admiral hat eine schweratmige, rauhe, sozusagen satte Sprache, die nach Sachlichkeit ringend immer vier, fünf Worte zusammenrafft und dann einen Moment innehält. Da der Admiral heute, wie stets, von Dienstgeschäften gedrängt wird, fällt seine

Ansprache kurz aus. »Ich bestrafe Sie also ... in Anbetracht Ihrer bisherigen ... khä ordentlichen Führung nach dem Mindestmaß ... mit einem strengen Verweis ... Es hat sich also herausgestellt, ... daß Sie in dem Spionage – khä Affäre ... gut aufgepaßt haben ... Wie Sie das – khä angedreht haben ... bleibt mir freilich ...«

»Nu, Herr Admiral, wir Blinden hamm ä'm de Oochen in d'n Ohren.«

»Reden Sie nicht, wenn Sie nicht gefragt sind ... khä – Sie haben das Glück gehabt ... Gelegenheit zu haben, Ihre Pflicht zu tun ... und durch Opfer dem Vaterlande ... khä gute Dienste zu erweisen ... Ich beneide Sie darum ... Bilden Sie sich aber nichts drauf ein! ... khä Seine Königliche Hoheit hat geruht ...«

Das – mit dem »blinden Passagier«

Alwine, die Blumenverkäuferin im Kurhause des Nordseebades Soldorp, pflegte in Augenblicken der Aufregung immer etwas Auffallendes zu tun.

Diesmal drehte sie, während sie in Gedanken Pflicht und Vernunft gegeneinander wog, den obersten Westenknopf von Steuermann Lauken andauernd von links nach rechts, als habe sie es mit dem verkörperten Wankelmut zu tun, dem sie das Genick abdrehen wolle. Und als es soweit gelang, als Lauken halb ungeduldig, halb verwundert dem davonrollenden Knopfe nachblickte – da endlich antwortete sie ihm leicht errötend, aber mit fester Stimme: »Nein, nein, Jahn; es geht nicht. Er kann noch zurückkommen, und dann – – du weißt doch.«

»Aber es sind fast 7 Jahre, daß Henry fort ist«, wandte Jahn traurig ein, »so lange bleibt keiner bei der Fremdenlegion. Sieh mal, Wine, daß ich Steuermann bin und er nur ein Matrose – das will nichts heißen, dazu will ich gar nichts sagen, aber Henry kann tot sein; er kann irgendwo in Australien leben – mit einer anderen. Hier meine Hand, Wine, ganz ohne Eifersucht gesprochen: – treu ist Henry dir nicht. In der ganzen Welt gibt es Briefpapier und – –«

Alwine drehte sich unwillig um und sagte unterbrechend: »Nein, ich will so etwas nicht hören. Du hast ihn nicht gekannt. Der schreibt nicht, hat nicht geschrieben und wird nicht schreiben. Es wird ihm schlecht gehen bei den Franzosen. Tom Hansen hat mir erzählt, wie's dort zugeht. Und Henry wird zu stolz sein, das zu schreiben. – Er kann auch tot sein, ja – – aber wenn er noch lebt, dann ist er mir treu geblieben, wie ich ihm treu geblieben bin.«

»Und wenn er nun tot ist und du erfährst es nicht? – Ertrunken, in Afrika ermordet, verunglückt? Willst du ewig warten? Wine, willst du einmal ganz einsam sterben?«

Alwine schwieg. Sie war ans Fenster getreten und fischte mit ihrem Haarkamm Ameiseneier aus dem Goldfischglas, ohne zu wissen, was sie tat.

Der Steuermann fühlte, daß er Boden gewonnen. Eindringlicher und zärtlicher fuhr er mit der weichen Stimme eines Menschen, der keine Hintergedanken hegt, fort: »Bin ich dir nicht auch treu gewesen? Habe ich nicht in vier Jahren viermal bei dir angefragt, mich immer wieder vertrösten lassen und bin doch immer wieder gekommen? In ein paar Tagen gehen wir wieder in See. Wine – Winchen – laß uns heiraten. Du wirst es gut bei Steuermann Lauken haben, vielleicht auch bald bei Kapitän Lauken.«

Und er küßte sie sacht auf die Schulter und wischte sich vorher mit dem Handrücken den Mund ab, als könne da noch etwas von den vielen ausländischen Seemannsküssen hängengeblieben sein. Sie aber bemühte sich vergeblich, ihre Tränen zurückzuhalten, und als sie auf einmal in dicken Perlen unaufhörlich über die roten, vollen Backen rannen, da gab sie ihm eine derbe Hand und sagte: »Nur noch eine Reise, bitte, Jahn, und wenn du dann zurückkommst und keine Nachricht von Henry da ist, dann – –«

Pftzsch! – Das war so einer von Alwinens treuherzigen Küssen gewesen, die wie ein Siegel waren, dem nichts hinzuzusetzen ist. –

Jahn begab sich, innerlich heiter, äußerlich mit der erkünstelten Würde des Siegesgewissen, an Bord der »Florida«.

Ein paar Tage später ging der Dampfer auf »wilde Fahrt« in See.

Liverpool – Venedig – Odessa – Nikolajew. – –

Als Monate vergangen, da lag das Schiff im Hafen von Algier, um Kohlen einzunehmen und dann die Heimfahrt über Hamburg anzutreten.

Steuermann Lauken stand auf dem Hinterdeck. Lächelnd sah er den arabischen Arbeitern zu, wie sie auf den schmalen, von einer Kohlenschutze zum Dampfer führenden Laufbrettern hin und her trippelten und – je zwei Mann mit einem kleinen Korbe – unter monotonen Gesängen die Kohlen an Bord trugen.

Da lief ein weißer Mann, rothaarig, recht ärmlich gekleidet und mit zerrissenen Segeltuchschuhen an den Füßen, über den Steg. Er sprach einen Moment mit dem Posten und schritt dann, dessen Fingerzeige folgend, auf Lauken zu.

»Steuermann«, begann er, seine englische Mütze ziehend, »ich möchte mich gern nach Deutschland 'nüberarbeiten. Ich habe lange als Matrose gefahren und verstehe meine Arbeit. Ich habe kein Geld mehr.«

»Tut mir leid«, antwortete Lauken und musterte

den langgewachsenen Menschen scharf, »die Besatzung des Schiffes zählt 25 Mann. Die sind vollzählig. Mehr darf ich nicht annehmen.«

Der andere sah einen Augenblick zu Boden und sagte dann: »Es ist keine Arbeit hier am Land zu finden. Auch der deutsche Konsul hat mich abgewiesen.«

Lauken zuckte mit den Achseln. Der Matrose bat beharrlich: »Vielleicht reden Sie mit dem Kapitän?«

Das war unvorsichtig gesprochen. Der Steuermann, der von dem kränklichen Kapitän unbeschränkte Vollmacht erhalten, entgegnete ein wenig gekränkt: »Der kann Ihnen auch nicht helfen. Das Schiff darf 25 Mann Besatzung, nicht einen Mann mehr, mitnehmen, nicht einmal zahlende Passagiere.«

Da der Fremde schwieg, fragte Lauken: »Wo sind Sie zu Hause?«

»In Soldorp an der Nordsee.«

Es überlief Lauken kalt. Minuten dauerte es, bis er Worte fand, und diese klangen unsicher, fast zitternd. »Wie kommen Sie denn hierher?«

»Ich bin von der Fremdenlegion desertiert. Nehmen Sie mich doch mit, Steuermann!«

Freimütig, männlich war das gesagt. Etwas wie Stolz lag dahinter, was Lauken Achtung einflößte. Er antwortete mit mehr Wärme als zuvor: »Ich würde Sie gern mitnehmen, aber ich habe keine Erlaubnis dazu, und ich habe noch immer getan, was ich dem Kapitän und der Reederei schuldig bin.«

Der Steuermann hatte wahr gesprochen, und was ihm an Gedanken durch den Kopf gegangen, war sehr edel gewesen. Er hätte eine tiefe, schöne Freude darin gefunden, den Matrosen seiner Braut zurückzubringen, gerade weil er in ihm den Nebenbuhler erkannt. Nur das reine, ehrliche Denken Laukens war es, das gleich bereit war, eine Liebe zu opfern, noch ehe er erwog, daß er eine doppelt wertvolle Freundschaft dafür eintauschen würde.

Aber es war ja unmöglich. Die Reederei erlaubte es nicht. Der strenge, in seiner Krankheit leicht reizbare Kapitän hätte es niemals zugegeben.

Lauken handelte pflichtgemäß.

Doch als Henry mit trotzigem Schweigen seine Mütze aufsetzte und dann in aufrechter Haltung, festen Schrittes von Bord ging, da fühlte der Steuermann, wie weh ihm das tat. Gern hätte er den Deserteur zurückgerufen. Als er es wirklich wollte, war es zu spät.

Lauken suchte die Arbeit auf. Er beaufsichtigte gewissenhaft seine Untergebenen, er schrieb und besorgte allerlei, noch fleißiger als sonst, um peinigende Gedanken zu betäuben.

Am nächsten Morgen um drei Uhr lief der Dampfer aus. Als er die hohe See erreicht, wurde die Steuerbordwache zu Bett oder, wie es seemännisch heißt, zur Koje geschickt, während die Leute von Backbord Befehl erhielten, das Oberdeck vom Kohlenstaub zu reinigen.

Steuermann Lauken, der keinen Dienst hatte, konnte nicht Schlaf finden. Er wanderte, von wilden Gedanken bewegt, durch alle Schiffsräume.

Henry lebte. Henry war ein treuer Mensch. Henry war in Not und sehnte sich heim. Er, Lauken, sein Nebenbuhler, hatte ihm den Weg abgeschnitten und er, Lauken, hatte doch seine Pflicht getan.

Das beschäftigte, quälte und tröstete ihn rastlos. Er lief durch den Ladungsraum, wo man in Odessa Säcke mit Getreide aufgestapelt. Er irrte durch das Zwischendeck. Er kletterte hinab in den Kohlenbunker, und dort, in dem schwachen Licht, das von oben hineinströmte, sah er etwas, was ihn starr und erschüttert stehenbleiben ließ, als habe er eine gespenstige Erscheinung vor sich. Aus dem hohen Haufen schwarzen Gesteins ragte ein Kopf hervor, ein Kopf mit roten Haaren, mit drohenden, verzweifelnden Augen.

Lauken erkannte, was das war, und er wußte, was er zu tun hatte, aber sein stärkstes Mitleid siegte über sein stärkstes Pflichtgefühl.

Einige Minuten lang herrschte spannende Stille da unten. Darauf sah Lauken über den Kopf hinweg in die Finsternis des Hintergrundes hinein, dann in die Höhe ringsherum an den Schiffswänden entlang, als suche er etwas. Endlich stieg er mechanisch an Deck und schloß sich in sein Zimmer ein. –

Seitdem verließ der Steuermann während der Freizeit nicht mehr seine Kabine. Hatte er Dienst, so blieb er meist auf dem Hinterdeck und mied ängstlich die unteren Räume. Alle wunderten sich darüber, daß er auf einmal so ernst und verdrossen dreinschaute. Niemand ahnte, daß er zum erstenmal eine Pflicht als Steuermann und Stellvertreter des Kapitäns unterlassen, denn noch wußte niemand von dem blinden Passagier, von dem Steuermann Lauken wußte.

* * *

Die spanische See ist ein böses Wasser. –

Die Notiz über die »Florida«, die durch alle Zeitungen lief, kam auch der Blumenverkäuferin im Kursaal zu Soldorp zu Gesicht. Es hieß da wörtlich:

»Der deutsche Dampfer ›Florida‹ kollidierte während eines Orkans mit der englischen Bark ›Springburn‹ auf der Höhe von Cadiz. Der Dampfer sank sofort. Die aus 25 Mann bestehende Besatzung wurde von den Matrosen der ›Springburn‹ gerettet.«

* * *

Einige Jahre waren seit dem Untergang der ›Florida‹ verstrichen, und gewiß hatte keiner der fünfundzwanzig das Ereignis vergessen. Einer solchen Katastrophe gedenkt man zeitlebens, wenn man mit dabeigewesen, da die Würfel auf Tod oder Leben rollten.

Für Lauken bedeutete es noch mehr. Ihm war das Haar seitdem ergraut, und er hatte das Lachen verlernt. Nun, da seine Wünsche in Erfüllung gegangen, da Alwine sein Weib geworden und er sie als Kapitän eines Bremer Dampfers auf weiten Reisen nach England, Spanien, ja nach Brasilien mit sich nahm, nun war er ernst, wortkarg und gleichgültig gegen alles geworden, was er sah und hörte. Und auch sie war nicht anders, die früher so lebhafte, heitere Wine.

Sie waren gut zueinander, wie vielleicht einsichtsvolle Gefangene zueinander sind, aber etwas Unausgesprochenes, Trauriges bedrückte beide, was sie nicht gemeinsam trugen.

Das – mit dem »blinden Passagier« konnte er nicht verwinden. War es nicht so, als habe er ihn gemordet? Der Braut den Bräutigam gemordet?

Hätte er nur ein Wort gesprochen damals auf dem englischen Schiff, als sie alle jubelten und bejubelt wurden, die Geretteten. Hätte er damals gerufen: Es fehlt noch einer! Im Bunker bei den Kohlen oder im Kornraum ist einer eingeschlossen! – dann wäre er rein geblieben.

An Rettung war da ja nicht mehr zu denken, aber er hätte sich frei gemacht von der Qual dieses Geheimnisses.

Und Wine? Hätte er zu ihr gesagt: Dein Henry ertrank. Es war nicht meine Schuld. Er hatte sich im Schiff versteckt – wie frei mußte ihm jetzt zumute sein. Aber er hatte geschwiegen, auch später, wenn sie manchmal sich seufzend gewünscht, nur zu wissen, ob er noch am Leben sei. Er, an dessen Treue sie noch immer glaubte.

Lauken tastete mitunter nach Entschuldigungen. Was hätte es genützt, die Wahrheit zu sagen? Schmerz mußte es ihr bereiten und dem, der die Botschaft brachte. Konnte er damals vor sie hintreten, um zu sagen: Henry ist tot, heirate mich!? – –

Nein, es gelang nicht, sich reinzuwaschen. Es blieb nicht nur Feigheit, sondern ein erbärmlicher Betrug.

Nun hatte er doch nichts von ihr und sie wohl auch

nichts von ihm. Sie achteten und schonten einander, aber sie hatten sich wenig zu sagen. Sie küßten sich mitunter und fühlten dabei, daß es geschah, weil es Brauch war. Sie saßen manchmal Hand in Hand an Deck, um über das Meer zu schauen, und vergaßen dabei einander im tiefen Sinnen. Und doch dachten beide dann an den gleichen Mann. –

Da traf einmal die gefürchtete Order ein. Das Schiff fuhr von Cardiff nach Algier.

Lauken war ein kranker Mann geworden. Wine pflegte ihn unermüdlich und ohne zu klagen. Er verbarg die Unruhe, die ihn quälte, so gut er konnte, aber sie nahm zu, je weiter sie nach Süden gelangten, und als bei St. Vincent der Kurs geändert wurde, da war sie zum heißen Fieber geworden. Er kämpfte dagegen mit aller Macht, er wollte sich nicht niederlegen. –

Es kam eine sternlichte Nacht, da die See ganz ruhig geworden. Von Backbord aus sah man ein Licht am Horizont aufblinken. Das war das Feuer von Faro.

Die Matrosen und der Steuermann waren vorn mit dem Takelwerk beschäftigt. Kapitän Lauken stand mit seiner Frau an Deck. Sie hatten sich über die Reling gelehnt und schauten ins Wasser. Es war nichts Ungewöhnliches, daß sie so fast eine Stunde schweigend beisammen verharrten.

Endlich begann Lauken, ohne den Kopf zu erheben: »Alwine, nicht wahr, du kannst Henry nicht vergessen?«

Die Frau schrak zusammen. Es war das erste Mal

in ihrer Ehe, daß Jahn diesen Namen von selbst aussprach. Was bedeutete es?

»Aber Jahn –«, stieß sie nur hervor und bemerkte auf einmal, wie verstört er aussah. »Jahn, was ist dir?«

Er gab keine Antwort. Sie wußte nicht, was sie sagen sollte. Ihr Busen hob und senkte sich schnell. Sie drehte erregt ihren Trauring in der Hand, den sie unbewußt vom Finger gestreift.

Da wandte sich der Kapitän um, griff nach dem Ring und warf ihn in weitem Bogen über Bord.

»Dort – unten – liegt – Henry!« sagte er mit einer veränderten, ganz leisen, gramerfüllten Stimme.

Und als sie sich weinend an seine Brust schmiegte, so vertrauend wie nie zuvor, da erzählte er ihr, ganz langsam und mild, was niemand außer ihm wußte – das – mit dem »blinden Passagier«. – – –

Das Feuer von Faro war längst außer Sicht. Das Schiff mußte ungefähr auf der Höhe von Cadiz sein.

Illineb hatte auf meine lange Rede hin mir schnell und kurz geantwortet: »Sie können hier bei täglich einer Mark arbeiten, schlafen und essen.« Alles übrige – ob ich Sachen habe? dann sollte ich sie holen – bedeutete mir ein alter mürrischer Italiener, den man Magnus nannte. Er führte mich zu dem geräumigsten der grünen Wagen, stellte mich einer schönen, bösen Dogge als »amico« vor und zeigte mir mein Bett im Hinterraum. Für den Rest des Abends sei ich dienstfrei.

Ich ging. Und kam mit dem Segeltuchköfferchen zurück, darin all mein Besitz Platz hatte, und ich packte aus, kroch fröstelnd zwischen Strohsack und Pferdedecke.

Ich redete mir zu, nun dankbar und glücklich zu sein, weil ich nach langer Hungerzeit eine feste Anstellung gefunden hatte, noch dazu eine, die mit viel Romantik verknüpft war; während der langen Stunden, die ich wach lag, drangen Zirkusmusik, Löwengebrüll und fernes Massenhändeklatschen an mein Ohr. Aber ich fühlte mich unglücklich. Mir bangte vor dem Zusammenleben mit dem unfreundlichen Magnus und dem eisigen Illineb. Es war nicht das erste Mal, daß ich eine neue Stellung und einen ganz neuen Beruf angetreten hatte. Ich erinnerte mich nun, wie mich jedesmal das Fremde an der Situation und an den Menschen zunächst traurig und einsam gestimmt hatte. Einträumend nahm ich mir noch vor, mich morgen tapfer und blind anständig meinen Pflichten zu widmen. – Einmal halb erwachend, sah ich den Italiener hereintorkeln und sich entkleiden an einem Bett, das dem meinen gegenüberstand. Und später schreckte ich einmal auf und bemerkte Illineb. Er schloß die Tür hinter sich ab, löschte die Kerzen, die Magnus hatte brennen lassen, und verschwand mit leisen, aber festen Schritten im vorderen Teil des Wagens.

In aller Frühe von einem blöde grinsenden Nachtwächter geweckt, zog ich mich eiligst an. Magnus gab mir, zunächst von seinem Lager aus, Instruktionen in brummigen, kargen Sätzen. Draußen war ein sonniger Tag.

Ich mußte zwischen den Wagen und Zelten Feuer unter einem sonderbar gestalteten Kessel anlegen, mußte putzen, fegen, holen und fortbringen. Dabei gab ich mir Mühe. Wenn mein Chef, der auch schon von früh an geschäftig herumlief, an mir vorbeikam, gab ich mir doppelte Mühe, denn mir lag an seiner Gunst. Es schien aber, als ignorierte er mich völlig. Allerdings richtete er auch an Magnus und an Matilden nur höchst selten kurze, notwendige Worte und dann in demselben gefühllosen Ton, mit dem er mich engagiert hatte.

Ich bekam gut und reichlich zu essen. In der Frühstückszeit sah ich mir auch die Löwen in dem Gitterwagen an – unsere Löwen. Es waren ihrer fünf, und ein sechster, sehr magerer befand sich in einem Einzelkäfig. Diesen Käfig mußten Magnus und ich im Laufe des Tages immer wieder so verrücken, daß die Sonne voll hineinschien.

Als ich in der Mittagspause mich zwischen den Buden und Karussells herumgetrieben und einen Schnaps in einem Keller getrunken hatte, wo die Schausteller und ihre Leute laut vergnügt zusammenkamen, war mir schon ziemlich freier zumut. Ich versuchte während des Nachmittagsdienstes ein Gespräch mit Magnus anzuknüpfen; er ging indessen nicht darauf ein, außerdem war er etwas angetrunken und daraufhin noch mürrischer als zuvor. Um fünf Uhr brachte Matilde jedem von uns einen Topf voll Kaffee und ein großes Butterbrot, »das Brett«, wie Magnus es nannte.

Als ich das, auf der Kokskiste sitzend, mit der Wonne eines pausierenden Arbeitsmannes genoß, stand Illineb gerade vor dem Einzelkäfig. Er sprach leise auf den Löwen ein. »Prinz! Armer alter Prinz!« hörte ich ihn sagen und zu meiner Überraschung mit einer ungemein weichen, gütigen Stimme. Ich trat kauend hinzu und erfreute mich daran, wie er geschickt ein Stück Fleisch mit weißen Kapseln spickte und es dem Löwen furchtlos durch die Stäbe reichte.

Ich wollte ihm etwas Angenehmes sagen. »Ein stattlicher Bursche!« sagte ich, den Löwen betrachtend.

Illineb drehte sich scharf um. Und versetzte mir einen Schlag. Einen Schlag mit der Faust ins Gesicht, daß ich hinfiel. Sekundenlang wußte ich nicht, was ich tun sollte.

Dann erhob ich mich, sammelte schweigend die Topfscherben auf und begab mich an meine Arbeit. In einer fahrbaren Tonne Wasser von der entlegenen Pumpe holen. Aber nun hatte ich einen tiefen, bebenden Haß gegen diesen rohen, ungebildeten Tierbändiger. Dazu schämte ich mich vor Magnus, der Zeuge gewesen war. Obwohl er es nie erwähnte.

Ich brauchte mich nicht von den anderen zurückzuziehen. Es gab dort außerdienstlich keine Kameradschaft. Magnus besoff sich in der Freizeit mit dem Ausrufer der Zwergenschau, die Frauenzimmer, die im Küchenwagen wohnten, zankten sich weit hörbar untereinander, und für den Herrn Dompteur waren wir alle jederzeit Luft oder Maschinenteile.

Gelegentlich rief mich Matilde, die uns das Essen kochte und zutrug, in den Weiberwagen. Ich mußte meine Personalien in einen polizeilichen Fragebogen eintragen. Als ich in die Rubrik »Beruf« zögernd »Student« schrieb, lachte Matilde plump auf, aber sie ward daraufhin vorübergehend gesprächig. Ich hatte aus der Spalte Illineb nur – und auch nur zufällig – gelesen, daß er ledig sei. Matilde erzählte mir nun, daß er aus Georgina stammte. Daß sein Vater, auch ein Dompteur, an einem Löwenbiß gestorben und daß seine Großmutter von einem Walfisch gefressen sei. Und Prinz wäre krank. Und der Alte hinge just an diesem Vieh besonders. Und Prinz verstünde die indische Sprache. Ich glaube, ich glaubte damals Matilden alles.

Das blieb aber der einzige Fall, daß eine von den Frauen einmal mit mir plauderte. Bald ward mir das Leben dort ein graues Einerlei. Darin gab es täglich nur eine einzige interessante, allerdings höchst aufregende Viertelstunde. Um zehn Uhr abends, wenn der Deutschmeistermarsch zu uns herüberklang, wurden die Falltüren geöffnet. Zunächst trug Pinguina das Löwenbaby eigenhändig in die Manege. Es war eigentlich schon viel zu groß und zu schwer für die zierliche Person, weshalb Pinguina drinnen immer mit Heiterkeit empfangen wurde. Nun galt es, die großen Tiere durch einen vergitterten Gang vom Wagen ins Zelt zu treiben. Im Gang stand dann mit gewichstem Schnurrbart und gewichsten Stiefeln der schlanke Illineb in einer Husarenuniform und hielt in der Linken einen eisernen Rechen und eine Nilpferdpeitsche und in der Rechten einen Revolver. So ließ er seine gebändigten Tiere die Wüste passieren. Erst kamen die drei Löwinnen. Sie liefen, vom plötzlichen Licht und von der Musik verwirrt, vielleicht auch von gewohnheitsmäßigen Ängsten und Ahnungen eingeschüchtert, nach kurzem Abirren schnell vorbei. Dann näherte sich King, der mächtige, bösartige Löwe. Der schlich ganz langsam – jeder Schritt gezwungen – mit gesenktem Kopf heraus. Und vor Illineb stockte er und blickte höchstes Mißtrauen und brüllte drohend.

Zu dieser Szene versammelten sich jedesmal viele Leute, die den verbotenen Zutritt riskieren konnten; der Koch vom Bierzelt, die Wahrsagerin, der Luftballonmann, sämtliche Damen der Schießbude. Sie stellten sich regelmäßig ein und erwarteten den Kampf. Ich meine: Sie alle – oder wir Zuschauer alle – wünschten insgeheim, daß nun etwas Entsetzliches geschehen, und gleichzeitig, daß nichts Trauriges geschehen möchte.

Illineb verlor bei dem Vorgang, der weit spannender

war als die Vorstellung im Zirkus, niemals die Ruhe. Wenn King stehenblieb, rief ihm der Chef nichts zu als: »Nun?« oder »Nun!«. Doch er konnte es in den verschiedensten Nuancen rufen, aufmunternd, streng, zornig, warnend, ganz langgedehnt –. Und wenn King plötzlich zähnefletschend und stoßweise, heiser aufbrüllend seinen Kopf herumriß, dann hielt Illineb zur Abwehr den Rechen vor und schoß gleichzeitig aus dem Revolver Blitz und Knall ohne Kugel in die funkelnden Augen. Und King blinzelte nicht, aber er brüllte noch feindseliger und schlug mit seiner Pratze mächtige tückische Seitenschläge in die Luft und gegen den Rechen. Illinebs Nun schwoll wie ein Sirenenheulen an. Er schlug mit der Nilpferdpeitsche dem Tier kräftig und, wie es schien, rücksichtslos über Schnauze und Augen. Oft kämpften sie lange so. Schließlich, wutschnaubend, wich King dann doch. Aber im Zelteingang blickte er noch einmal zurück nach seinem Meister, und sein Blick trug einen furchtbaren Haß. Wie ich ihn hatte.

Mehr oder weniger dramatisch fand dieses Duell täglich statt. Vielleicht sah es schlimmer aus, als es war. Es schien mir sogar nicht unmöglich, daß das Ganze sozusagen ein gewolltes Scheinmanöver war, um King in Aufregung zu bringen und dem Publikum eine besonders gereizte und gefährliche Bestie vorzuführen. Ich gewöhnte mich mehr und mehr an dieses Schauspiel.

Eines Abends, da ich mir gerade mit dem Feuer am Wasserkessel zu schaffen machte, ließ mich das Kampfgebrüll wieder aufschauen. Und da gewahrte ich, daß King sich zum Sprung duckte, und sah, daß Illineb die Hände nach uns Zuschauenden streckte, sah, daß er weder Rechen noch Peitsche, sondern nur den Revolver bei sich hatte. Es war ein atemloser Moment. Wir schrien alle auf.

Das Folgende vollzog sich viel schneller, als es zu erzählen ist. Der Löwe sprang. Illineb schoß. Mitten im Sprunge änderte der Löwe noch mit einem Ruck seine Richtung, aber er riß den seinerseits ausweichenden Illineb doch mit zu Boden. Und aus einem Arm Illinebs war ein Fetzen Ärmel und Fleisch herausgerissen, und Blut floß. Und King bäumte sich neu und sprang mit beiden Vordertatzen wuchtig auf die Brust seines Herrn. In diesem Augenblick war sein Hinterteil ans Gitter gepreßt. Da stieß ich blitzschnell die Schaufel ins Feuer und schmiß Glut und Flammen dem Löwen zwischen die Hinterbeine. Daß er mit einem Wehgeheul zur Seite sprang.

Und wieder geschah das nächste im Nu. War Illineb emporgeschnellt, hatte Magnus ihm Rechen und Peitsche zugestoßen, streckte Matilde einen Revolver durchs Gitter, der Blitz, Knall und Kugeln bereithielt. Es war nicht mehr nötig. Der Löwe war, von Schmerzen gepeinigt, ins Zelt gerast.

Der Chef wurde ins Bett getragen, die Vorstellung abgesagt, ein Arzt gerufen.

Fünf Tage lang fiel die Hauptattraktion im Zirkus aus. Solange durfte außer Matilden niemand die Stube des Chefs betreten. Er tat mir natürlicherweise und trotz meines Hasses leid, auch konnte ich nicht umhin, seine Bravour zu bewundern. Magnus soff mehr als sonst. Doch er und die Frauen erledigten die Geschäfte gewissenhaft und wie selbstverständlich. Aber untereinander oder mit mir sprachen sie keine Silbe über das Vorgefallene. So standen sie im Banne der Verschlossenheit ihres Brotherrn.

Am sechsten Tage kam dieser wieder zum Vorschein. Ich war dabei, eine Verankerung des Zeltes anzuspannen. Da trat er, den rechten Arm in der Binde, aus dem Wagen, und – ich bemerkte es seitwärts schielend – er ging forsch, geradewegs auf mich zu. Ich fürchtete mich vor diesem längst ausgedachten Augenblick. Ich hätte meinem, wie mir's vorkam, schon allzu hart gestraften Feinde so gern die Demütigung erspart, mir danken zu müssen.

Illineb stand vor mir, und – – er gab mir einen Schlag. Mit der linken Faust einen Schlag in die Fresse. Wie damals. Und entfernte sich.

Ich spürte keinen Schmerz vor Verblüffung und Betrübnis. Und ich nahm auch diesen Schlag schweigend hin. Aber – sonderbar: Seitdem verehrte ich Illineb, trotzdem er fortan und bis zuletzt unverändert kalt blieb und mich und uns übersah.

Ja, ich fing an, ihn zu lieben. Ganz im stillen. Ich arbeitete noch eifriger als früher, aber wenn ich seine Schritte vernahm, versteckte ich mich möglichst. Und doch behielt ich ihn, wo es anging, im Auge.

Ich liebte ihn hündisch. Ich folgte ihm so weit, daß ich ihn aus Entfernung beobachten und belauschen konnte. Wenn er die Fleischstücke spießte und in die Käfige reichte, unter lieben Koseworten in verschiedenen, manchmal mir unbekannten Sprachen. Wenn er rührend zärtlich und lange Prinzens Nase streichelte. Ich schlich ihm sogar in der Freizeit heimlich nach, wenn er die anderen Tiere, unsere Dogge, die Pferde der Kunstreiter, den Esel des Clowns oder die Eisbären in der russischen Bude aufsuchte und zu denen, sofern er sich von Menschen unbeobachtet fühlte, genau so redete wie zu seinen Löwen.

Auch diese Löwen gewann ich lieb. Einmal stand ich eine Stunde lang allein und ergriffen vor dem kranken Prinz in der Sonne. Er trabte in dem engen Käfig die drei Schritte hin und die drei Schritte her unaufhörlich auf und ab, mit Schnauze und Fell das Gitter streifend, so daß er mehrere abgewetzte Stellen hatte. Und nie gelang es mir, seinen Blick zu fangen, ihm in die Augen zu sehen. Er blickte über mich, über alle Zuschauer – ich weiß: auch über Illineb – hinweg. Wie Illineb über uns Mitmenschen hinwegsah.

Cooper erzählt von einem gefangenen Indianer, der keine Nahrung annahm und nichts sprach, sondern nur so blickte: immer in einer bestimmten Richtung, an seinen Feinden, den Puritanern, vorbei oder über sie hinweg, wie in eine nur ihm vertraute, einzige Ferne.

Als Prinz eines Morgens nicht mehr imstande war, auf seinen Füßen zu stehen, ließ Illineb, ungern nachgebend, den Tierarzt holen.

Ich verfolgte von weitem die Unterhaltung und fing

einige Worte des Veterinärs auf, wie »Operation« – »Fesselung« – »Narkotikum«. Darauf antwortete Illineb plötzlich sehr laut in einer mir und zweifellos auch dem Tierarzt unverständlichen Sprache, und er gab dem Tierarzt Geld und entließ ihn unhöflich.

In der Nacht zu diesem Tage konnte ich wieder einmal nicht einschlafen. Ich erwog einen Plan. Ich wollte Illineb meine Liebe und Verehrung gestehen. Ganz einfach und ehrlich, ohne mich meiner gebildeteren Ausdrucksweise zu schämen. Ich wollte um sein Vertrauen und um seine Freundschaft bitten.

Noch zur Dunkelheit hörte ich ihn sein Zimmer verlassen, unseren Raum durchschreiten und die Tür von außen abschließen. Das verwunderte mich. Er ging sonst nie nachts aus. Wollte er wohl einmal mit Kollegen oder mit Freunden zechen? – – – Ob er einen Freund hatte? – – – Ob es ein Mädchen gab, das er liebte? – – – Über solchem Nachdenken schlief ich allmählich ein.

Morgens gab es einen Krach. Es stimmte etwas nicht. Magnus mußte die Wagentür gewaltsam aufbrechen. Illineb wurde tot und gräßlich zerrissen und zerbissen in Prinzens Käfig aufgefunden. Ein Rasiermesser und eine Nagelschere lagen neben der Leiche. Prinz hatte eine merkwürdige rechtwinkelige Schnittwunde an der linken Hüfte.

Die Löwentruppe Illineb wurde zwei Tage später aufgelöst, und die Löwen wurden verkauft. Prinz war gesundet.

Durch das Schlüsselloch eines Lebens

Aber als das Fest müde geworden, als jene schalen Späße auftauchten, welche die Lustigkeit bis zur ärmlichsten Dünne in die Länge ziehen, als das Gelächter schon im Lallen oder Gähnen verklang und in der Dunkelheit stiller Nebenräume menschliche Atemzüge vernehmlich auf- und niederstiegen, da bestellte sich Berthold einen Wagen und entfernte sich heimlich.

Indem er draußen dem kalten Winterwind aufgerichtet und mit weitgeöffnetem Mantel entgegentrat, kam er sich wie ein kühner Feldherr vor, nicht nur, weil ihn der Kutscher des Mietwagens entsprechend behandelte.

Der Dank eines durch Trinkgeld gerührten Dieners klang ihm nach. Der Schlag klappte beängstigend laut zu. Er vernahm ein Schnalzen, Getrappel, Gerassel und sagte mit fröhlichem Pathos: »Ich rolle.« Seinen Körper möglichst über vier Sitze verteilend, wandte er sich noch einmal nach den erleuchteten Fenstern der Villa zurück und ließ seinen Stolz in der Erinnerung baden, daß er in Gesellschaft reicher oder berühmter Leute vornehm gespeist und getrunken hatte.

Über den dick verschneiten Straßen dämmerte es bereits, und da Berthold Arbeiter, Bäcker und Milchweiber ihren frühen Geschäften nachgehen sah, ward seine gute Laune durch ein Gefühl von Beschämung gedämpft.

Irgendwo im Weichbild der Stadt ließ er halten und

bezahlte den Kutscher. Die Folgegeister eines feurigen Burgunders hielten ihn wach und schürten die Lust zu der unvernünftigen Idee, mit Ballschuhen und Zylinderhut einen Morgenspaziergang über Land zu unternehmen.

Hinter den letzten Häusern sah Berthold eine weiße Wüste von Schnee vor sich und darüber einen wohltuend ruhigen, lichtgrauen Himmel. Die frische Luft klärte seinen Blick. Der noch jugendliche Mann sandte einen recht selbstbewußten Gedanken kondolierend nach dem heißen, verrauchten Saal zurück, den er als einer der ersten verlassen. Er war entschlossen, sich um einen Schlaf zu betrügen und seine kühne Stimmung in irgendein der Gelegenheit anzupassendes Erlebnis umzuschmelzen, wie man in der Neujahrsnacht heißes Blei ins Wasser gießt, um zu sehen, was daraus wird.

Die gleichmäßige Schneedecke verbarg Wege und Gräben, und nur die Krümmungen der Landstraße waren durch zwei Baumreihen mit gleichsam märchenhaft verzuckertem Gezweig gekennzeichnet. Aber Berthold stapfte quer über das verschneite Ackerland, oft tief versinkend. Wie ein schwarzes Boot durch ein weißes Meer ging er durch den weiten, weichen, blendend reinen, unberührten, jungfräulichen Schnee und genoß die Lust, ihn als erster zu durchwühlen. In dieser Lust lag etwas von der Freude des Vandalen oder von dem Vergnügen, das man empfindet, wenn man die gespreizte Hand in einen Sack voll Hafer versenkt. Und doch war ihm jemand zuvorgekommen, denn er stieß bald auf die Fußstapfen eines Menschen, der, ebenfalls Straßen verschmähend, die Felder durchquert hatte. Es waren zierliche Spuren in geringen Abständen, also wohl von einer Dame herrührend.

Ein Vogel schwang sich auf, als Berthold niederkniete, die Abdrücke zu untersuchen. »Guten Morgen, Rabe«, rief er, »ich bin Lederstrumpf – nein besser Sherlock Holmes. Wenn ich das Weib, das hier gegangen ist, erwische, dann kommst du vielleicht noch zu einem zarten Galgenfrühstück. Haha! Warte einmal – eins, zwei, drei, vier – – einundzwanzig Nägel hat sie im Absatz, jawohl!«

Der einsame Sprecher erhob sich lachend und schritt beschleunigt den Fußstapfen nach; er wünschte zu erfahren, wohin die Stiefelchen zu so früher Stunde gewandert waren.

Etwas später hob er ein blauseidenes Taschentuch auf, in welches er einen kleinen, unscheinbaren Notizkalender eingewickelt fand. Auf der Umschlagseite, mit Tinte mehr gemalt als geschrieben, stand: Lygia Valtin, Gruseliusstraße 3/IV. Die inneren Buchseiten enthielten unter fortlaufenden Daten Bleistiftnotizen. Mühsam entzifferte er:

Graf Naschauer – Perlgürtel – Puderdose Bahnhof – Eisbahn – Putzi schreiben – Schutzmann Klimmer – Kneifer – vier Uhr Kaiserplatz Kleiner Schwarzer – Rezept Hirschpastete – ein Neger mit Gazelle zagt im Regen nie – Baron von Biegemann, Frankfurt am Main, Taunusstraße 7 – zwei Meter Moiréeband – Wäsche ... und ähnliche Notizen.

Es geschah an einem Januar-Freitag, da Berthold das las, und für diesen Tag fand er in dem Kalender die Bemerkung: »Mutters Todestag«, »Kleiner Schwarzer zwölf Uhr Mittag«. Das war der Inhalt des Büchleins. Der junge Herr stieß einen Pfiff aus; das gesuchte Abenteuer begann. Weitereilend gewahrte er bald, daß die Fährte, der er folgte, einem kleinen, abseits gelegenen Dorffriedhof zustrebte. Eine seltsame Rührung erfaßte ihn vorübergehend. Das Bild, das er sich nach den Stiefelabdrücken, dem stark duftenden Tuch und jenen Notizen in Gedanken von Lygia Valtin angefertigt hatte, bekam eine andere Gestaltung durch die Begriffe »Mutters Todestag« und »Feldfriedhof«. Die Achtung, die er vor der Unbekannten empfand, bewog ihn, ihre Verfolgung aufzugeben. Aber sein Interesse für die Dame war gestiegen, zumal er an dem Fund zu erkennen glaubte, daß sie hübsch, jung, gewiß auch reich an Beziehungen sei. Deshalb wollte er sie in ihrer Wohnung aufsuchen; bot doch das Tuch genügend Anlaß.

Während er die Strecke über die Felder im Zurück weit schneller als im Hin durchwatete, sann er auf eine originelle Anrede, sich bei Lygia einzuführen. – Er konnte beispielsweise beginnen: Gnädigste, ich heiße Berthold Sievers und komme, um Ihnen mitzuteilen, daß Sie einundzwanzig Nägel im linken Absatz tragen. – Dann vermochte er ihr verwirrtes Erstaunen noch höher zu schrauben, indem er etwa hinzulog: Außerdem läßt Ihnen Baron von Biegemann durch mich beste Empfehlungen und die Bekanntgabe zugehen, daß er sich mit der chinesischen Prinzessin Hink Puckling verlobt und gleichzeitig eine Hutkrempenfabrik in der Taunusstraße eröffnet hat.

Das mußte eine amüsante Unterhaltung zeugen, und Berthold nahm sich vor, erst dann mit Aufklärung, Taschentuch und Notizblock herauszurücken, wenn der Grundstein zu etwas Galantem oder Zartem oder Intimem gelegt sein würde. Und ein Mädchen, das am frühen Wintermorgen aufstand, um das entfernte Grab ihrer Mutter zu besuchen, war doch nicht anders als gemütvoll und liebenswert zu denken.

Als Herr Sievers die innere Stadt erreichte, war es heller Vormittag geworden, ein lebendiger, fröhlicher Vormittag. Die Stimmen des Orchesters »Verkehr« hatten eingesetzt. Der junge Mann betrat ein Speisehaus mit der Absicht, kräftig und behaglich zu frühstücken.

Die Kirchtürme läuteten Mittag, als er im vierten Stock des dritten Hauses in der Gruseliusstraße klingelte. Eine ältliche Frau öffnete scheu, deren Gestalt an den Kugelaufbau eines Schneemannes erinnerte, eine Frau, deren Gesicht und Kleidung dabei etwas so Trübseliges, Verwaschenes und Ungewaschenes hatten, daß der närrische Gedanke durch Bertholds Gehirn zuckte: So ungefähr müßte man sich die Mutter des schlechten Wetters vorstellen. Er konnte ein Lächeln nicht unterdrücken, er wollte es auch gar nicht, da seine Laune voll Lustigkeit und Selbstzufriedenheit war. Überdies hatten sich die Überreste einer Mahlzeit, ein paar Makkaroni, auf unerklärliche Weise in das struppige Haar der Dame verwickelt, und das wirkte durchaus erheiternd.

Herr Sievers erhielt auf seine ausgesucht höfliche Frage nach Lygia Valtin die Antwort: Das Fräulein wäre ausgegangen, aber er sollte nur warten. Das wurde ihm etwas geheimnisvoll und nicht eben freundlich mitgeteilt, doch er nickte einverstanden. Darauf schob ihn die Frau, seine Ellbogen von hinten ergreifend, wie einen Kinderwagen durch einen nachtdunklen Korridor. In dem unbehaglichen Gedanken an Schrankekken oder Stufen wollte er Tastbewegungen machen, aber da wurde er auch schon in ein helles Zimmer gestoßen. Die Tür fiel hinter ihm zu. Er hörte, wie die Makkaronidame sich draußen auf Filzschuhen schlürfend entfernte.

Berthold hängte lächelnd Mantel und Hut an einen Kleiderständer zwischen eine blauseidene Matinée und eine Gitarre, dann nahm er auf einem vergoldeten Rokokostuhl Platz. Der Raum, in dem er sich befand, sah gutmütig aus. Er war durch einen Herdofen mollig gewärmt, und – das bemerkte Herr Sievers sofort – er war kein Zimmer von irgend jemandem, er war eine ganze Welt für sich – für Lygia Valtin natürlich. Es standen dort moderne und alte Möbel, Tisch, Stühle, Bett, Kleiderschrank, Bücherregal, ferner ein Diwan, auf dem eine flachsblonde Puppe mit offenen Augen schlief, ein Reisekorb, auf dem gebrauchtes Kochgeschirr unordentlich durcheinander lag – auch der Schatten unterm Bett war indiskret. An den Wänden hingen zwei Revolver, ein Florett, ein Bademantel und viele Bilder. Berthold betrachtete: Gruppenphotographien junger Leute beiderlei Geschlechts, teils im Freien, teils in Zimmern aufgenommen, die ebenso bunt verstellt waren wie Fräulein Valtins Behausung. Diese Bilder lebten auf einmal. Aus ihren Rahmen sprangen Studenten, Offiziere, Kaufleute und Damen in ärmlichen oder besseren, aber immer auffallenden Kleidern, tanzten wie trunken, lachten schmetternd und redeten komischen Blödsinn, und eine Dame, die mehrfach vertreten war, mußte Lygia sein.

»Leidenschaftlich, rassig, beinahe spanisch«, dachte Berthold, und gleichzeitig hing die Gesellschaft wieder in toter Bilderform an der Wand, »phantastisch, aber geschmackvoll, mittelgroß, ebenmäßig, schlank, dunkelhaarig – etwa 25 Jahre alt. Sieht sich gerne abgebildet.« – Er fand sie in grande toilette ernst und würdig an eine marmorne Brüstung gelehnt, als strampelnder Pierrot, von zwei Türken getragen und auf dem Fahrrad, fesch, kühn, mit der weltverachtenden Miene der Berufsfahrer. Sie lag träumerisch hingegossen, seitlich auf dem Diwan, die rechte Hand in das langseidige Fell eines Hundes gewühlt, der sich schlangenartig an ihrem Busen zusammengerollt hatte. Sie stand nackt, mit erhobenem Schläger, mit stolz und streng zusammengezogenen Brauen wie eine rächende Göttin vor ihrem Schrankspiegel, der hinterrücks ihre göttlichen Rundungen verriet. An einem Necessaire auf der Waschkommode, zwischen einem Verschönerungsverein von Kämmen, Bürsten, Scheren, Feilen, Parfümflaschen, Augenstiften und Schminkschachteln, lehnte ein Kopf von Lygia, in greller Beleuchtung gezeichnet, ein Kopf mit wild verzerrten Augen und wirrem, aufgelöstem Haar. Der wie zum Schrei geöffnete Mund entblößte eine Reihe makelloser Zähne. Unter dem Bild stand »Dementia«.

»Sie kann schauspielern, sie hat Raffinement«, sagte der junge Mann laut vor sich hin. Seine Worte kamen nicht so gleichgültig heraus, wie er sie auszusprechen sich unwillkürlich bemühte. »Und das ist ihre Mutter«, fuhr er noch lauter, ja fast mit einem freudigen Schrei fort, indem er sich dicht an das vergilbte Porträt einer alten Frau beugte. Ein Kranz noch feuchtfrischer Tannenzweige war über das Bild gehängt. Berthold sah nach der Uhr. Es war so ganz still in dem Zimmer. Nur ein Kanarienvogel schrie unaufhörlich Pie-eps, pie-eps. Sein Käfig stand zwischen grotesken Kakteen und kleinen, aber gut gepflegten Palmen auf dem einzigen Fenstersims. Man hatte ihm einen Berg von Futterkörnern aufgeschüttet, der für einen Monat ausreichen konnte, doch das Trinkgefäß des Vogels war leer. Die Erde in den Gewächstöpfen war hart und trocken. Berthold überzeugte sich davon, während er lange vor dem Fenster, oder wie er es taufte, vor Lygias »Garten« auf und ab schritt. »Warum kommt sie nicht!« redete er den Vogel an, und als dieser keine menschliche Antwort gab, nannte er ihn ein dummes Tier, das nichts verstände, als Pie-eps zu schreien und blanke Kupferstäbe zu beschmutzen. Dann wollte er wieder auf dem Stuhl Platz nehmen, aber dieses Möbel hinkte, darum vertiefte er sich lieber in einen bequemen Klubsessel und begann seine Begrüßungsrede mit Betonung der einundzwanzig Nägel zu memorieren. Er sah wieder nach der Uhr, erhob sich wieder, ging wieder geraume Zeit auf und ab.

Lygias Bett war aufgedeckt. Wie sauber es glänzte! Berthold erinnerte sich an den Schnee. Zu Fußende war ein Spiegel und darüber ein Kruzifix angebracht, hinter dem eine Hundepeitsche steckte. Auf den mit Stickereien durchbrochenen, luftig aufgebauschten Kissen lag ein Stoß weicher Spitzenhosen. Herr Sievers hielt kurz den Atem an, verdrehte die Augen, tauchte für einen Moment das Gesicht in die Wäsche und, obgleich er sich allein wußte, trat er doch darauf schnell und verlegen zurück. –

Pie-eps, pie-eps klang es vom Fenster her. Er ging auf und ab, trat ans Bücherregal und fing an, die Bände der Reihe nach herauszuziehen; Pakete, die ihn nicht erreichten, von Jakobus Schnellpfeffer, Rabelais, Gontscharows »Oblomow«, Goethes Gedichte, Ursache und Behandlung der Maul- und Klauenseuche, Die Kindsmörderin –

»Wem gehören diese Bücher?« fragte er sich. »Es ist doch viel Gutes darunter, und der Kupferstich über dem Regal ist vorzüglich.«

Er lächelte, gähnte rücksichtslos und freute sich über die Unbefangenheit, mit der er Lygias Zimmer untersuchte. Trotzdem erkaltete sein Behagen an einem gewissen Gefühl des Fremdseins, ohne daß er sich dessen bewußt ward, und wie es ihm nicht gelang, die beobachteten Einzelheiten zu einem ganzen Gebäude zusammenzufügen, so fand er auch keinen Übergang von Lygias Häuslichkeit zu seiner eigenen.

Pie-eps, pie-eps klang es durch die Stille.

Es war spät geworden. Er sah es an der vorgerückten Dämmerung, deren Schatten das Zimmer merkwürdig entstellten. Er entzündete eine schlecht geputzte Stehlampe – mit der rotglasigen Ampel überm Bett verstand er nicht umzugehen. In spielerischen Schritten, den Kopf auf die Brust geneigt, umkeiste er mehrmals den Tisch. Später setzte er sich an den Schreibtisch, zog Schubfächer heraus und – er wußte, daß es unrecht war – begann Briefe durchzulesen.

Es waren ihrer viele, aber er las sie alle, bedächtig, langsam, mit zunehmender Spannung. Währenddem wurde sein Gesicht von einem Ausdruck des Ernstes und von einer edlen Ruhe verschönt.

Um ihn herum war alles still, auch der Vogel am Fenster schwieg jetzt. Herr Sievers saß lange Zeit vor den Briefen. Seine Gedanken errichteten Stufe für Stufe die Treppe, auf welcher Lygia Valtin geschritten – abwärtsgeschritten war. Er stellte sie sich vor, wie sie zaghaft ans Geländer geklammert, hinabgeschlichen, wie sie, als dieses aufgehört hatte, gestolpert, gefallen war, sich aufgerichtet hatte, wieder vorsichtig, dann leichtsinniger über die kalten Stufen gelaufen, zuletzt getanzt war und nun im Schwung nicht mehr einzuhalten vermochte.

»Wie verwunderlich ist das Leben«, sagte er, als ob er etwas ganz Neues ausspräche, und fügte hinzu:

»Wo bleibt sie nur? Und ob mich denn die Wirtin ganz vergessen hat?«

Indes mahnte ihn plötzliche Müdigkeit an eine Nachtwache. Ihn wandelte das Verlangen an, sich auf Lygias Diwan auszustrecken und einzuschlummern wie ein Märchenprinz in fremdem Garten, ohne zu wissen, wie er erwachen, wer ihn wecken würde. Wunderschön mußte es doch sein, jetzt sanft, allmählich jede Klarheit zu verlieren, hinüberzugehen in die Träume, willenlos dem Gedanken ergeben, daß er sich Unbekannten überlasse, daß Unbekannte ihn, den Unbekannten, finden würden. Und als er sich wirklich ganz leise, behutsam, aber doch bequem neben der flachsblonden Puppe niederließ, auf dem Diwan, der gewiß schon oft das Rauschen von Seide, das Stammeln der Leidenschaft und die herben Seufzer der Einsamkeit vernommen hatte, da ging eine leise Traurigkeit über ihn.

So lag er und sann über Lygia nach. Was würde sie wohl sagen und mit welchen Bewegungen, welcher Stimme? Ob sie wohl sehr spät käme? Aber er hatte sechs Stunden gewartet, er konnte auch sieben Stunden warten. »Vielleicht kommt sie nicht allein«, überlegte er, »und sie ist kühl, verwundert, dankt trocken, und ihr Begleiter lacht. Vielleicht kommt sie doch allein, die schlanke Frau, von der ich so viel weiß. Sie kann auch böse sein oder mit der Zunge anstoßen, oder, ohne über meinen Besuch zu erstaunen, sich auf meine Knie setzen.«

Ihm fiel jenes Sprichwort ein, das mit einfältigen

Worten eine hübsche Weisheit faßt: Wenn's am besten schmeckt, soll man aufhören.

Herr Sievers erhob sich hastig. Er schlüpfte in seinen Mantel, setzte den Hut auf, knüpfte das gefundene Notizbuch wieder in das Seidentuch und warf es nahe dem Kleiderständer auf den Boden. Er tat das mit einer wachsenden inneren Aufregung. Dann verließ er das Zimmer. Jedoch im Rahmen der geöffneten Tür kehrte er nochmals um, ergriff einen Meißener Waschkrug und goß mit zitternder Hand Wasser in die Gewächstöpfe und in den Trinknapf des Kanarienvogels. Nun schlich er davon und erreichte die Straße, ohne jemandem begegnet zu sein.

Und obwohl er müde, hungrig und ungewaschen heimkehrte, erfüllte ihn doch ein geheimnisvolles Behagen, wie es ein guter Mensch empfindet, der durchs Schlüsselloch etwas Ungeniertes beobachtet hat, wie etwa ein Vater, der seinen Kindern so zugesehen hat.

Ja, auch er, Berthold, hatte durch ein Schlüsselloch, durch das Schlüsselloch eines Lebens geschaut, und da er daran dachte, daß es Millionen solcher Leben gab, von denen jedes wieder seine eigene Gestaltung besaß, war es nicht nur Behagen, was ihn erfüllte, war es ein tiefes Ergriffensein vor der Unermeßlichkeit der Menschheit.

Änne Häringsgeschichte

(Sächsisch)

Heernse, da is m'r ä mal änne eegendiemliche Geschichte bassiert. Ich sitze Sie an ä scheenen Frihlingsam'nde nach'm Am'ndessen in Stadtgarten, hawe ähm's finfte nuntergegossen un denke: de wärscht berabben un derheeme gehn, unterwegs awer Dir noch ä Häring goofen, denn das viele Bier hatte m'r widder Hunger gemacht. Gesagt – gedahn. Ich goofe m'r in ä Deligatessengeschäft ä Häring, lasse m'r'n in ä Babier einwickeln un stecke das Backetchen in de rechte Rockdasche. Wie ich nu so uff d'r Promenade hindrottle, da fiehl ich uff eemal än Ruck in meiner rechten Rockdasche. Im selben Moment rennt ä Mann von mir wegk mit ätwas Weißen in der Hand ... Mei Häring! Ich wie d'r Wind hinterher. Weil ich awer doch ä bißchen was in Gobb hatte, renn ich uff'n Geenigsplatz mit aller Macht an ee Ladernenpfahl, daß 'ch uff'n Fleck ricklings hinsterze. Wie ich mich widder uffgerabbelt hadde – warsch Luder wegk. Ich also derheeme. Gorz vor meiner Wohnung will ich's Daschenduch rausholen, greife dabei in was nasses un wie ich's rausziehe un vor de Oogen halte, is es – mei Häring. Na, d i e Freede! I, denk ich, daß där Spitzbuwe nur's B a b i e r erwischt hat, das is werklich änne Himmelsfiegung! Un so gomm ich ze Hause an. Alles finster un meischenstille. Ich werf d'n Häring uff'n Disch (där de gleich linker Hand von der Diere näwen d'n Schermständer steht) un streiche ä Zindhölzchen an. Wie ich Licht gemacht hawe, da säh ich ärscht: da war Sie gar gee Disch nich da! Ich suche d'n Häring – där war Sie verschwunden! Ich suche alles ringsrum ab, wohl änne Vertelstunde lang – mei Häring nich ze finden! Na, denk 'ch – denn d'r Gobb brummte m'r eeklig schon von wegen dän Stoße! – morgen wärn s'n schon finden – so ä Häring gann doch nich wegkschwimmen. Un damit leg ich mich – ganz leise, um meine Alte nich uffzewecken – in de Falle. D'n andern Morgen – denken Se, d'n Häring hatten se nich gefunden! – geh ich ins Geschäft un weils an ze drebbeln fängt, spann ich meinen Scherm uff. Wie ich'n iewer mich halte, da fällt m'r was nasses Klebriges ins Gesicht. Was warsch – mei Häring! Ich, schnurrstracks zerick zu meiner Alten. Anna, sag ich, hier hast de d'n Häring, lass'n hibsch wässern un mach' m'r ä baar Gartoffeln drzu – ich frei mich schon seit gestern uff'n – un dann erzählt ich'r ausfiehrlich mei ganses Erlebnis. Wie ich fert'g bin, guckt se sich den Häring von allen Seiden an, fängt bletzlich an ze lachen un ruft: Awer, August, das is ja ä – Beekling!

Kuttel Daddeldu erzählt seinen Kindern das Märchen vom Rotkäppchen

Kinners, wenn ihr mal fünf Minuten lang das Maul halten könnt, dann will ich euch die Geschichte vom Rotkäppchen erzählen, wenn ich mir das noch zusammenreimen kann. Der alte Kapitän Muckelmann hat mir das vorerzählt, als ich noch so klein und so dumm war, wie ihr jetzt seid. Und Kapitän Muckelmann hat nie gelogen.

Also lissen tu mi. Da war mal ein kleines Mädchen. Das wurde Rotkäppchen angetitelt – genannt heißt das. Weil es Tag und Nacht eine rote Kappe auf dem Kopfe hatte. Das war ein schönes Mädchen, so rot wie Blut und so weiß wie Schnee und so schwarz wie Ebenholz. Mit so große runde Augen und hinten so ganz dicke Beine und vorn – na kurz eine verflucht schöne, wunderbare, saubere Dirn.

Und eines Tages schickte die Mutter sie durch den Wald zur Großmutter; die war natürlich krank. Und die Mutter gab Rotkäppchen einen Korb mit drei Flaschen spanischen Wein und zwei Flaschen schottischen Whisky und einer Flasche Rostocker Korn und einer Flasche Schwedenpunsch und einer Buttel mit Köm und noch ein paar Flaschen Bier und Kuchen und solchen Kram mit, damit sich Großmutter mal erst stärken sollte.

»Rotkäppchen«, sagte die Mutter noch extra, »geh

nicht vom Wege ab, denn im Walde gibts wilde Wölfe!« (Das Ganze muß sich bei Nikolajew oder sonstwo in Sibirien abgespielt haben.) Rotkäppchen versprach alles und ging los. Und im Walde begegnete ihr der Wolf. Der fragte: »Rotkäppchen, wo gehst du denn hin?« Und da erzählte sie ihm alles, was ihr schon wißt. Und er fragte: »Wo wohnt denn deine Großmutter?«

Und sie sagte ihm das ganz genau: »Schwiegerstraße dreizehn zur ebenen Erde.«

Und da zeigte der Wolf dem Kinde saftige Himbeeren und Erdbeeren und lockte sie so vom Wege ab in den tiefen Wald.

Und während sie fleißig Beeren pflückte, lief der Wolf mit vollen Segeln nach der Schwiegerstraße Nummero dreizehn und klopfte zur ebenen Erde bei der Großmutter an die Tür.

Die Großmutter war ein mißtrauisches, altes Weib mit vielen Zahnlücken. Deshalb fragte sie barsch: »Wer klopft da an mein Häuschen?«

Und da antwortete der Wolf draußen mit verstellter Stimme: »Ich bin es, Dornröschen!«

Und da rief die Alte: »Herein!« Und da fegte der Wolf ins Zimmer hinein. Und da zog sich die Alte ihre Nachtjacke an und setzte ihre Nachthaube auf und fraß den Wolf mit Haut und Haar auf.

Unterdessen hatte sich Rotkäppchen im Walde verirrt. Und wie so pißdumme Mädel sind, fing sie an, laut zu heulen.

Und das hörte der Jäger im tiefen Wald und eilte herbei. Na – und was geht uns das an, was die beiden dort im tiefen Walde miteinander vorgehabt haben, denn es war inzwischen ganz dunkel geworden, jedenfalls brachte er sie auf den richtigen Weg.

Also lief sie nun in die Schwiegerstraße. Und da sah sie, daß ihre Großmutter ganz dick aufgedunsen war.

Und Rotkäppchen fragte: »Großmutter, warum hast du denn so große Augen?« Und die Großmutter antwortete: »Damit ich dich besser sehen kann!«

Und da fragte Rotkäppchen weiter: »Großmutter, warum hast du denn so große Ohren?«

Und die Großmutter antwortete: »Damit ich dich besser hören kann!«

Und da fragte Rotkäppchen weiter: »Großmutter, warum hast du denn so einen großen Mund?«

Nun ist das ja auch nicht recht, wenn Kinder so was zu einer erwachsenen Großmutter sagen.

Also da wurde die Alte fuchsteufelswild und brachte kein Wort mehr heraus, sondern fraß das arme Rotkäppchen mit Haut und Haar auf. Und dann schnarchte sie wie ein Walfisch. Und draußen ging gerade der Jäger vorbei.

Und der wunderte sich, wieso ein Walfisch in die Schwiegerstraße käme. Und da lud er seine Flinte und zog sein langes Messer aus der Scheide und trat, ohne anzuklopfen, in die Stube.

Und da sah er zu seinem Schrecken statt einen Walfisch die aufgedunsene Großmutter im Bett.

Und – diavolo caracho! – da schlag einer lang an

Deck hin! – Es ist kaum zu glauben! – Hat doch das alte gefräßige Weib auch noch den Jäger aufgefressen. –

Ja, da glotzt ihr Gören und sperrt das Maul auf, als käme da noch was. – Aber schert euch jetzt mal aus dem Wind, sonst mach ich euch Beine.

Mir ist schon sowieso die Kehle ganz trocken von den dummen Geschichten, die doch alle nur erlogen und erstunken sind.

Marsch fort! Laßt euren Vater jetzt eins trinken, ihr – überflüssige Fischbrut!

Das Abenteuer um Wilberforce

Ein Erlebnis

Als ich endlich Stellung fand, nach wochenlangem Fragen und Dulden, hätte ich eigentlich froh sein müssen, nun wieder ein Bett und tägliches Essen zu haben und obendrein noch monatlich dreißig Mark zu beziehen, die vorgeschriebene Heuer eines Leichtmatrosen. Aber das Schiff, ein kleiner, russischer Gaffelschoner, lag weit draußen in Harburg, und die Arbeit, die mich empfing, war schmutzig. Bei strömendem Regen luden wir Ölkuchen. Unsere Kleider, das Schiff und alle Gegenstände darauf bedeckten sich mit mißfarbigem Kleister.

Die Besatzung bestand aus dem Kapitän, einem Steuermann, zwei Matrosen und mir. Die vier Russen waren vermutlich Letten. Zu mir sprachen sie ein gebrochenes, sehr ordinäres Deutsch.

Nach drei Tagen stellte ich den Kapitän: »Ich höre, daß wir morgen auslaufen, aber ich bin noch nicht angemustert!?«

»Ach was, angemustert!« Der Kapitän entfernte sich böse, aber ich ging ihm nach. »Kapitän, ich muß auf Anmusterung bestehen; ich brauche die behördliche Bescheinigung über meine Segelfahrten später fürs Steuermannsexamen.«

Er sah mich geringschätzig und spöttisch an. »Steuermannsexamen? – Gut, wirst morgen angemustert.«

Aber anderen Tags gingen wir in See und waren

nicht zur Anmusterung auf dem Seemannsamt gewesen. Das berechtigte mich, das Schiff jederzeit und jedenorts zu verlassen, und ich war entschlossen, das in England sofort zu tun, zumal die Aussichten für Seeleute dort viel besser sein sollten.

Meine Vorwürfe schnitt der Kapitän kurz ab: »Still, Schwein!«

Wir fuhren nach Boston an der Ostküste Englands. Es regnete die ganze Fahrt über. Unsere Segel hingen schlapp und brachten uns nur langsam vorwärts. Nachts plagten uns Wanzen.

Die zwei Matrosen entpuppten sich als gutmütige, verträgliche Leute. Ich forschte sie vorsichtig aus über die Schiffsverhältnisse in Boston. Boston wäre ein unbedeutender Hafen, meinten sie, aber in Grimsby lägen viele Fischdampfer, und – fügte Iwan hinzu, als ob er meine Absichten durchschaute – es gäbe dort einen schwarzen Heuerbas namens Philipps, der in Matrosenkreisen bekannt wäre und der desertierenden Seeleuten zur Flucht verhülfe.

Als wir Boston sichteten, meldete ich dem Kapitän, daß ich das Schiff, wenn es festläge, verlassen würde. Er geriet außer sich. Das gäbe er niemals zu. Es sei sehr schwierig, in England einen Ersatzmann für mich zu finden, und wenn er einen fände, dann kostete der das Doppelte wie ich. Und ich wäre ein Schwein, ein verfluchtes Schwein, ein Hundeschwein, und ich möchte doch um Christi willen vernünftig sein.

Zuletzt versprach ich ihm auf sein Barmen hin, wenigstens so lange an Bord zu bleiben, als der Schoner im Hafen läge, was etwa vier Wochen dauern sollte.

Der Steuermann war ein großer, ungeschlachter und roher Lümmel. Er drangsalierte die Matrosen in herzloser Weise, gab ihnen auch nur selten Erlaubnis, des Abends an Land zu gehen. Mir konnte er den Urlaub nicht verweigern, weil ich als Deutscher auf deutsches Seemannsrecht pochte und ja sowieso jederzeit meinen Dienst aufgeben konnte. Deshalb schikanierte er mich aber auf andere und tückische Weise.

Er glitt einmal auf dem Laufbrett aus, das vom Regen naß und von der Ölkuchenmasse glitschig war, und da fiel der plumpe Riese ins Wasser und sackte, weil er nicht schwimmen konnte, wie ein Plumpsack ab. Ich kam hinzu, als nur noch eine zappelnde Hand von ihm aus dem Wasser ragte, und ich sprang über Bord und tat mich selbst mit Schwimmen und Tauchen schwer. Doch erwischte ich ihn und hielt ihn über Wasser, bis ein Boot zu Hilfe eilte. Als der Steuermann an Deck wieder zu Bewußtsein kam, ging er, noch schwankend, auf mich zu und versetzte mir eine knallende Ohrfeige.

Wir arbeiteten bei Konzert, denn tags wie nachts waren in Boston die Glockenspiele der Kirchen im Gange. Abends amüsierte ich mich an Land aus Freiheit und Vorschuß, und am Sonntag war ich völlig vom Borddienst befreit. Es herrschte ungewöhnlicher Trubel und Jubel in der Stadt. Bandoneon spielende Gruppen zogen durch die Straßen. Die Gassenbuben verknatterten Feuerwerk. Und Menschen, die einander fremd waren, umarmten und küßten sich öffentlich. Man feierte gleichzeitig die Krönung der Queen und den Sieg Großbritanniens über die Buren.

Wir löschten Ladung, säuberten das Schiff und nahmen neue Ladung, bestimmt nach Odense in Dänemark.

Eines Morgens weckte mich Iwan: »Stehe auf, wir segeln aus!«

Auslaufen? – Ha! Ich ward munter. Ich verstand. Man hatte mir das bis zuletzt verschwiegen, wollte mich überrumpeln, mir nicht Zeit lassen, mich auszuschiffen.

Ich hatte, wie oft, in Hemd und Arbeitshose und mit Schuhen und Strümpfen bekleidet geschlafen. Nun zog ich mir rasch mein gutes Jackett über, das meine Papiere enthielt, und so stürzte ich an Deck und sah einen Schlepper, der sich uns vorspannte, um uns aus einer Flottille von ähnlichen, Seite an Seite liegenden Seglern herauszuziehen und durch die verschiedenen engen Schleusen nach See zu bugsieren.

»Schmeiß Achterleine los!« rief mir der Alte zu. Statt dessen schwang ich mich über die Reling auf das nächstliegende Fahrzeug, kletterte von dort auf die Pier und rief meinen Kapitän an: »Ich fahre nicht mit. Lassen Sie meine Sachen an Land setzen.«

»Hundeschwein, du willst ausreißen?«

»Ich habe Ihnen das rechtzeitig gesagt.«

»Sei doch kein Dumm. Komm an Bord!«

»Nein, ich verlange meinen Kleidersack.«

»Was tust du ohne Sachen in fremdes Land? Komm! Ich werde dich nachträglich anmustern.«

»Nein! Geben Sie meine Sachen heraus!«

Währenddessen war der russische Schoner »Emma« schon in Bewegung, und wie er langsam durch die Schleusen gelotst wurde, hielt ich mich auf dem Kai nebenher und forderte hartnäckig die Herausgabe meines Eigentums. Ein Policemann kam hinzu, ließ sich den Vorfall von meinem lügenden Kapitän erklären und redete mir zu – es klang beinahe väterlich – ein good boy zu sein und wieder an Bord zu gehen.

»Kapitän, ich verklage Sie, wenn Sie meine Sachen stehlen!« rief ich aufgebracht an der letzten Schleuse.

»Stehlen?« gab er zurück. »Hol sie dir! Du hast sie doch selbst an Bord gebracht!«

Es war zu spät. Die »Emma« war bereits über Reichweite und Sprungweite von Land ab. Meine seemännische Ausrüstung, all mein Hab und Gut und darunter ein mir wertvoller Atlas sowie ein kunstvoll mit Fell überspanntes afrikanisches Buttergefäß schwammen davon nach der dänischen Insel Fünen. Der Polizist lachte: Ein paar Hafenarbeiter, die Zeuge des Vorgangs gewesen waren, stimmten in das Lachen ein.

Ich überzeugte mich davon, daß ich sechs Schillinge in dem blauen Jackett bei mir hatte, kaufte Seife, wusch mich an einem Brunnen und ließ mir den Weg nach dem deutschen Konsulat beschreiben.

Dem deutschen Konsul kam ich sehr ungelegen.

Trotzdem hörte er mich an, riet mir, wegen meines Gepäcks an das deutsche Konsulat nach Odense und wegen meiner gegenwärtigen Notlage an meine Eltern zu schreiben. Er stellte Tinte, Feder, Papier und Briefmarken zur Verfügung und ließ sich, als ich wenigstens an das Odenser Konsulat geschrieben hatte und bevor er mich kalt entließ, Papier und Porto zum Einkaufspreis bezahlen.

An meine Eltern hatte ich nicht geschrieben. Ich verstand es, daß sie mich für unstet und nie zufrieden hielten. Das, was ich zu meiner Rechtfertigung hätte anführen können, war zuviel und zu verworren; ich wußte es nicht anzupacken, ich begriff es auch nur teilweise oder im Unterbewußtsein. Ich hatte mich allmählich so eingestellt, daß ich nur noch Nachricht gab, wenn ich etwas Erfreuliches zu berichten hatte oder glaubte. Meine Briefe – später habe ich mich selbst erstaunt davon überzeugt – machten einen äußerst liederlichen Eindruck. Wer aber, der sie las, konnte sich vorstellen, wo, wie, wann, in welcher Situation sie geschrieben waren?

Ich stand vor dem Konsulat in der Frage: Was nun? Mir fiel Grimsby und der Neger Philipps ein. Ich erkundigte mich. Die Bahnfahrt kostete vier Schillinge. Ich fuhr.

Nie zuvor war ich in Grimsby gewesen, und die Adresse Philipps' kannte ich nicht. Jedoch ich kalkulierte, daß er im ältesten beziehungsweise im dürftigsten Viertel wohnen müßte, und das fand ich, in Grimsby angelangt, sehr bald. In einem schmutzigen

Gäßchen wandte ich mich an einen Mann, der in einem Haustor stand. Ob er zufällig wüßte, wo ein Farbiger namens Philipps wohnte.

Der Mann deutete mürrisch ins Haustor hinein und sagte: »Rückwärts, zweiter Flur links.«

Welch schnurriger Zufall!

Da niemand auf mein Pochen reagierte, öffnete ich kleinlaut die Tür und sah im Vordergrunde zwei halbentblößte Negerweiber, die Kinder stillten, und dahinter, in Tabaksqualm und Zwielicht mit lautem Spektakel Karten spielend, viele Neger, Mulatten, Mestizen und Andersfarbige. Aus diesem Kreis löste sich ein langer Schwarzer und begrüßte mich: »I'm Mister Philipps.«

Ich fragte heiser, ob er eine Chance für mich als Matrose – –

»Bist du weggelaufen?«

»Ja.«

»Gut, du kannst hier schlafen. Morgen früh drei Uhr laufen die Fischdampfer aus. Ich zeige dir die Schleuse, wo du dich hinstellst. Du mußt horchen, was die Kapitäne rufen. Wenn sie nach einem Matrosen verlangen, jumpst du an Bord. Hast du Sachen?«

»Nein.«

Er ging voraus, winkte mir nachzukommen. In einem Nebenraum, der einem Trödelspeicher glich, suchte er mir einen Kleidersack, eine Ölhose, ein blaues Hemd und zwei Paar Strümpfe heraus. Das gab er mir. Ich bedankte mich aufrichtig und gerührt über die unerwartet gute Aufnahme.

»Brauchst du Geld?« fragte Mister Philipps gleichbleibend sachlich.

Ich war einen Moment lang sprachlos. Welch großzügige Güte besaß dieser Nigger, welch unerschütterliches Verständnis für schweigende Not! Wie oft schon mochte er von Undankbaren enttäuscht und ausgenutzt sein.

»Willst du Geld?« wiederholte Mister Philipps. »Willst du ein Pfund?« Und er steckte mir eine Pfundnote zu. Dann zeigte er mir meine Schlafstelle; ich mußte meinen Namen auf verschiedenen Papieren eintragen und war nun fürs erste frei, spazierte noch verwirrt, aber in gehobenster Stimmung in die Stadt.

Am folgenden Morgen stand ich mit geschultertem Zeugsack neben anderen Dienstsuchenden an der Schleuse. Ein Fischdampfer nach dem anderen lief aus. Die Kapitäne riefen ihre Personal betreffenden Wünsche laut von der Brücke. Als ein sailor gewünscht ward, sprang ich mit einem unfehlbaren Satz an Deck.

»Columbia« nannte sich der kleine Dampfer. Wir waren nur wenig Leute an Bord. Da gab es für jeden bei Tag und bei Nacht harten Dienst. Wir mußten Ruder, Winde und Netzleinen bedienen, Fische schlachten und sie in die Eiskästen verteilen, mußten heizen und in den engen Bunkerlöchern die Kohlen überm Kopf weg schaufeln. Wir blieben bei jedem Wetter draußen auf hoher See. Es war oft ein schwieriges Stück Arbeit, das schwere volle Netz aus dem Wasser zu hieven. Aber wenn es dann über Deck hing und die Schlinge gelöst wurde und Hunderte von schillernden, zappelnden, schlagenden Fischen mit wunderlichem anderen Getier herunterpladderten, dann überfiel uns alle mehr oder weniger eine märchenhafte Aufregung.

Mich persönlich interessierte am meisten alles, was die anderen beim Sortieren ins Meer zurückschleuderten, Seesterne, Algen, Muscheln und Schaltiere. Bald hatte ich eine ansehnliche Sammlung von sonderbar geformten und getönten See-Igeln beisammen. Die Engländer machten sich darüber lustig.

Das Essen war nicht nur gut, sondern ungewöhnlich köstlich. Es gab da hash, beef, cheese, meat, mixed pickles and everything; außerdem standen uns jederzeit die edelsten Fische zur Verfügung, frisch aus dem Wasser in die Pfanne.

Als wir nach dem ersten trip wieder in Grimsby anlegten und die Engländer von Bord eilten, um während der Hafenzeit bei ihren Frauen zu wohnen, blieb ich allein zurück. Man erlaubte das gern und händigte mir die Schlüssel zur Speisekammer ein. Ich war aber bereits von der gediegenen Kost so verwöhnt und ein Schleckermaul geworden, daß ich während der ganzen Liegezeit nur von einer süßen, delikaten Marmelade zehrte.

So wohl ich mich dort fühlte und so gut ich mit den derben Fischern auskam, dachte ich doch wieder daran, daß ich für das Steuermannsexamen Segelfahrtzeit brauchte, und daß Dampferfahrten meine Karriere nur aufhielten. Deshalb verließ ich die »Columbia« nach dem zweiten trip. Ich verabschiedete mich von der Besatzung und zog mit meinem Gepäck und einem Korb voll auserlesener Fische, die ich Mister Philipps zugedacht hatte, nach der Reederei, um mein wohlverdientes Geld abzuheben, ein stattliches Sümmchen in meinen Verhältnissen.

Der Herr am Büroschalter, der meine Papiere und Wünsche entgegennahm, kehrte bald zurück und erklärte, ich wäre im Irrtum, denn ich hätte ja nichts zu bekommen. Ich hätte doch meine Ansprüche an meinen Gläubiger Mister Philipps abgetreten, wie – er zeigte ein mir unbekanntes, aber von mir unterschriebenes Schriftstück vor – aus dem Papier unzweideutig hervorginge.

Ich stürzte zornglühend zu dem schuftigen Heuerbas. Er lachte zynisch. Es entstand eine Schlägerei, bei der ich den kürzeren zog, weil mehrere Farbige auf mich einschlugen. Und währenddessen rauften sich die Weiber um meine Fische.

Dann stand ich mit meinem Zeugsack und einer umfangreichen, mit See-Igeln angefüllten Pappschachtel ganz klein und krumm auf der Straße und tippelte grübelnd davon.

Wohin? Ich überzählte meine geringe Barschaft – ich fuhr nach Hull.

Im Hafen dort lagen zahlreiche Schiffe jeder Art. Auf den Kais und um die langen Schuppen herrschte ein reger Betrieb. Drehbrücken spalteten sich. Eisenbahnwaggons wurden über Luken umgekippt. Groteske Maschinen zogen, hoben, senkten und skandalierten.

Ich fragte auf allen Schiffen nach Chance, aber vergebens. Manchmal wurde mir im Matrosenlogis Essen oder Kaffee angeboten.

Abends verkroch ich mich in einem Schuppen zwischen Zementsäcken. Das war kein bequemes Lager, doch vor Ermattung schlief ich gleich ein und erwachte anderntags erst um die Mittagszeit. Wieder lief ich von Schiff zu Schiff und dann ins Büro der Schauerleute und zu den Schiffshändlern und Fuhrgeschäften und bot mich zu allem und billigst an, aber man wies mich allerwärts ab. Ich sah auch gewiß nicht vertrauenswürdig aus.

Zweimal versuchte ich mich auf Dampfern als blinder Passagier einzuschmuggeln, indem ich mich im Kohlenbunker und im andern Fall zwischen Warenstapeln versteckte. Ich ward jedoch erwischt und verjagt.

Am dritten Tage ließ meine Energie nach. Ich bummelte verzagt und schlapp herum, wagte kaum noch um Stellung zu fragen, sondern war mehr darauf bedacht, Polizisten und Wachleute zu meiden, denen ich offenbar schon aufgefallen war.

Meine Füße waren wund gelaufen. Mein Rücken schmerzte. Weil mir mein Gepäck lästig war, setzte ich den Karton mit der schönen See-Igelsammlung plötzlich mitten auf der Straße nieder und ging sehr traurig weiter.

Als ich mich bei Anbruch der Dunkelheit wieder in mein Zementbett geschlichen, mich meiner Jacke entledigt und die paar Arbeitslumpen aus meinem Kleidersack als Polsterung verteilt hatte, darauf mit einem

Seufzer mich ausstreckte, bemerkte ich erschreckend zwei Menschen – zwei Ladies, die den Hügel von Säkken erklettert hatten und mir neugierig zusahen.

Die eine davon wollte ihre Freundin zurückscheuchen. Aber diese wehrte sich und blieb stehen und sah mich unverwandt an mit großen ernsten Augen. Und ich blickte sie an. Denn sie sah aus, wie eine Fee für Kinder aussieht. Sie war schön, unsagbar schön und groß und kostbar gekleidet. Sie machte einen so gütigen, unsagbar gütigen Eindruck und hatte einen Frauenschoß und weiche Ellenbogen und zauberhafte wissende Augen.

Aber die andere Dame ergriff die Fee am Arme und zog sie fort. Sie lachte dabei, daß es mir ins Herz schnitt, und sagte: »Laß ihn doch. Er ist betrunken.«

Da riß sich die Fee noch einmal los und schritt ganz nahe an mein Lager heran und raunte – mich ernst und tief anschauend – mir zu: »Ten o'clock ... monument.« Und entfernte sich.

Eine Erscheinung war vorbei. Oder es war wie im Kino nach einem ergreifenden Drama, wenn man plötzlich sich in die andere, helle Welt zurückfinden muß. Nein, es war umgekehrt, denn jetzt umgab mich ein totes, einsames Dunkel.

Aber meine Phantasie hing noch an dem Erlebten und erregte sich immer mehr, je länger ich darüber nachdachte. Alle körperliche Müdigkeit war mir weggezaubert.

Was hatte sie gesagt? »Ten o'clock«, und dann etwas, was ich nicht verstanden hatte, und dann »monument«. Zehn Uhr ... Denkmal. – Eine Bestellung?! ein Geheiß?! – ein Rendez-vous?!

Eine Fee – – selbstverständlich war es keine Fee – – eine Lady, eine feine, bestrickende, reiche Dame hatte mir Lump – – –

Ich sollte um zehn Uhr am Monument sein. – Wollte sie mir helfen? Sicherlich wollte – oder sie würde helfen, so oder so.

Und wenn sie auch nicht hülfe, wenn sie nur – – Ach, sie nur wiedersehen dürfen.

Oder hatte ich sie falsch verstanden? Gab es ähnlich klingende Worte wie ten und o'clock und monument? Oder meinte sie etwas ganz anderes, weil ich da unerlaubterweise und schmutzig und betrunken lag? Aber sie hatte so ernst, so gütig geblickt, nicht einmal gelacht, nicht einmal gelächelt. Vermochte sie meine Lage auch nur im geringsten zu durchschauen? Welches Interesse hatte sie an einem gemeinen, fremden Kerl, denn daß ich eine anständige Erziehung unter gebildeten Menschen genossen hatte, das war mir keinesfalls anzumerken.

Wie kamen sie und ihre Freundin überhaupt auf die Zementsäcke? Hatten sie mich vorher beobachtet? Wollte sie mich anzeigen? Nein, das nicht, das gewiß nicht.

Was für ein Monument? Was hatte sie gesagt? Columbia-Monument? – – Nein, es hatte wie Gilardoni geklungen – Geradoni – Goldoni – Paganini – oder ähnlich oder auch ganz anders; das war doch nicht mehr festzustellen.

Auch wenn ich noch genügend Geld besessen hätte, wäre ich damals nicht auf den Gedanken gekommen, ein Hotel aufzusuchen und im Adreßbuch oder im Fremdenführer die Sehenswürdigkeiten, die Denkmäler nachzulesen. Ich überlegte nur, ob ich einen Menschen auf der Straße deswegen ansprechen und ausforschen sollte. Er würde mich nicht anhören, würde sich für angebettelt halten und steif und taub seines Weges ziehen. Außerdem: Was konnte ich ihn fragen?

Oder sollte ich aufs Geratewohl die Stadt durchwandern und die Denkmäler aufspüren?

Wer war sie wohl, diese berauschende Frau? Daß es die sonderbarsten Abenteuer nicht nur in Vorzeit und Büchern gab, wußte ich aus Erfahrung. Andererseits – –

Ich sann und spann mich immer tiefer in groteske, dumme, eitle Windungen hinein. Bis eine ferne Uhr neun schlug. Da raffte ich mich auf.

Ich wollte die Stadt durcheilen und mich dem Zufall ergeben. Als ich aber, mich aufrichtend, auf dem Kai dicht vor den Zementsäcken einen Wächter gewahrte, der ganz ungleichmäßig hin und her schritt und, wie mich dünkte, sehr auffällig nach allen Seiten ausspähte, verlor ich mit eins allen Mut. Ich sank auf mein Lager zurück und weinte. Bis ich darüber einschlief. –

Ein reichliches Mittagessen, das mir anderntags auf einer norwegischen Bark vorgesetzt wurde, gab mir neue Kraft, und die Gespräche der Seeleute brachten mich auf die Idee, zu Fuß nach der Westseite Englands nach der großen Hafenstadt Liverpool zu wandern, die ich kannte und wo ich schon einmal in einer ähnlichen Lage sehr schnell eine Chance als Matrose ermittelt hatte.

Bald lag Hull hinter mir, und ich schritt auf den heißen, staubigen Landstraßen hurtig und ausdauernd vorwärts.

Bei Sonnuntergang erreichte ich müde und durstig eine vornehme Farm mit geschorenen Rasenflächen und sauber gepflegten Hecken. Ein hübsches Dienstmädchen stand hinter dem schmiedeeisernen Tor. Ich machte ihr eine Verbeugung, als ob sie eine Gräfin wäre, und fragte, ob ich sie um ein Glas Wasser bitten dürfte.

Sie holte einen weißhaarigen Herrn von feinem aristokratischen Aussehen herbei, der mich näher treten hieß und mir auf der Veranda Erdbeeren in Schlagsahne reichte. Ich verstand nur wenige Brocken von dem, was er sagte, und er schien mich noch weniger zu verstehen, vielleicht schenkte er auch meinen Worten keinen Glauben. Denn von Scham- und Dankgefühl verwirrt, benahm ich mich höchst närrisch. Ich verbeugte mich einmal übers andere, brachte die übertriebensten Höflichkeitsphrasen in offenbar sehr lächerlichem Englisch heraus und zählte ganz unpassend und zusammenhanglos alles auf, was meine anständige Herkunft beweisen und das Vertrauen meines Gönners gewinnen sollte.

Von den köstlichen Erdbeeren erfrischt, stiefelte ich rüstig weiter, wurde aber im nächsten Dorf von einem

Polizisten gestellt, der mich ausfragte und mein Englisch auch verstand, aber mit meinem Plan, die Insel zu durchqueren, nicht einverstanden war. Ich mußte umkehren.

Ich marschierte dieselben Straßen, die ich gekommen war, nun langsamer und deprimiert zurück. Nur die Farm umging ich in weitem Bogen. Mehrmals rastete ich in Gräben oder unter Bäumen, und jedesmal fiel mir dann das Weiterwandern schwerer.

Die Nacht ging rum, die Sonne auf. Die Vögel zwitscherten. Aber ich bemerkte das kaum. Ich hob stumpf und dumpf das linke Bein, das rechte Bein, das linke Bein, das rechte Bein.

*

Erst das anwachsende Getriebe im Weichbilde Hulls erweckte mich.

Von zwei vorübergehenden Männern rief der eine mich in deutscher Sprache an: »Hallo, Seemann, Sankt Pauli Liederlich, wie geht's?«

Ich faßte im Nu, im Tausendstel-Nu, daß ihm deutsche Sprache, Seeleute und Hamburg vertraut wären und daß er mit diesen Kenntnissen vor seinem Kumpan großtun wollte.

»Schlecht!« rief ich stehenbleibend, und mein Instinkt, hier biete sich eine Hoffnung, klammerte sich von der Frage zum Frager. Ich schilderte in einem Wortschwall mein Schicksal.

Der runde rotbackige Herr hörte belustigt zu. Mit einem Scherz, der wieder seinem Begleiter galt, sagte er zu mir: »Come on, du kannst bei uns bleiben, mußt aber nicht bei der Frau schlafen.«

So wurde ich Mann für alles im Boardinghouse Bloom, wo Kapitäne, Steuerleute, überhaupt alte Seefahrer wohnten, seit vielen Jahren immer wieder wohnten. Denn sie durften, wenn sie abreisten, große Schulden hinterlassen. Weil sie, wenn sie von langen Reisen zurückkehrten, große Summen mitbrachten und dann nicht nur sofort ihre Schulden beglichen, sondern auch gleich bedeutende Beträge vorauszahlten. An solchen Tagen schwamm das Haus Bloom in Gold.

Zunächst wurden Fleisch, Gemüse und sonstige Vorräte beschafft. Dann fingen der Herr Neuangelangte und Miß Bloom und Mistreß Bloom und Mister Bloom und sämtliche gerade anwesenden Pensionäre gewaltige Zechereien an, die bis zum Abend und die Nacht hindurch und manchmal tagelang dauerten. Und wenn es einen Sonntag betraf, dann ließ sich diese unsere bunte, wilde Gesellschaft über den Humber setzen und ratterte in Einspännern von Landhaus zu Landhaus. Denn fünf Meilen hinter der Stadt war der Ausschank alkoholischer Getränke erlaubt, und wir soffen, tanzten und johlten.

Zwischen zwei solchen Ausschweifungen gab es Perioden, da in unserer Pension auch nicht ein Penny aufzutreiben war.

Nur Frau Bloom wußte sich in den fetten Zeiten immer etwas auf die Seite zu schaffen. Davon mußte ich ihr täglich mehrmals heimlich Stout oder Ale oder Whisky besorgen.

Diese Säuferin stammte aus Kanada. Ihre Tochter war in Dünkirchen geboren. Vater Bloom wußte nicht, was er für ein Landsmann wäre. Er sprach fünf Sprachen gleicherweise perfekt.

Ich hatte für die Familie und die jeweiligen Pensionsgäste zu kochen. Ich melkte die Ziegen, fütterte die Brieftauben, die eine Liebhaberei von Herrn Bloom waren, beteiligte mich an der Buchführung und mußte unliebsame Seeleute rausschmeißen helfen.

Wenn ich in dem Vorstadtgäßchen, wo Blooms Haus stand, Wäsche auf die Leinen hängte, die vertraulich von Haus zu Haus gespannt blieben, dann gesellten sich die Nachbarn mir neugierig und klatschfröhlich zu. Sie nannten mich nur Mister Blooms cook. Ich lebte in dem bewegten und leichtsinnigen Hause Bloom eine kleinbürgerliche Behaglichkeit, die ich mir seit langem gewünscht hatte.

Fräulein Bloom hatte mir gleich nach meiner Ankunft ein Paar Schuhe geschenkt, weil meine Seestiefel so entsetzlich stanken, und im Laufe des Monats gab mir Herr Bloom einen ziemlich gut erhaltenen Anzug. Außerdem erhielt ich Trinkgelder von den Gästen, und mitunter steckte mir auch Frau Bloom heimlich einen Sixpence zu.

Dennoch erschien mir der Aufenthalt dort bald langweilig und sinnlos. War es, daß ich bei den drei Blooms jedes feinere Interesse vermißte, oder dachte ich an meine Zukunft und die mir noch fehlende Segelschiffahrtszeit, jedenfalls beneidete ich die Kapitäne und Steuerleute, wenn sie wieder an Bord und in See gingen.

Ich holte mir eines Abends – und von da an jeden Abend – die Erlaubnis ein, ein paar Stunden in die Stadt gehen zu dürfen. Das nahmen mir Herr Bloom und seine Tochter sehr übel.

Und dann passierte es mir, daß ich eines Morgens verschlief und fand in der Küche das Herdfeuer schon von Frau Bloom angezündet. Ich schlug die offenstehende Ofenklappe zu, nicht ahnend, daß sich die Katze in der noch leicht warmen Röhre gelagert hatte, und beeilte mich mit den Morgeneinkäufen. Als ich zurückkam, war die Küche voll Rauch und Geruch, und ich entdeckte die Katze in der Röhre fürchterlich gebacken.

Frau Bloom weinte einen ganzen Tag lang, und deswegen beschimpfte mich ihr Mann mit harten Worten, als einen nichtsnutzigen Herumtreiber, undankbaren Faulenzer und unverbesserlichen Straßenlump.

Ich steckte diese Kränkungen ohne Widerrede ein; ich war über das Schicksal der Katze ganz erschüttert. Aber an dem Abend ging ich, ohne vorher um Erlaubnis zu bitten, in die Stadt.

Bisher hatte ich mich dort jedesmal nur eine, höchstens zwei Stunden lang planlos herumgetrieben, hatte mir Denkmäler angesehen und die Namen darauf gelesen, Namen, die mich jedesmal enttäuschten. Diesmal steuerte ich direkt nach dem Hafen zu, um trotz der späten Stunde mich auf den Schiffen als Matrose anzubieten.

Das Glück erwartete mich. Der erste Steuermann eines deutschen Kohlendampfers versprach, mich bis

Bremen mitzunehmen. Das Schiff sollte bereits am folgenden Abend auslaufen.

*

Von Wonne erfüllt, wollte ich diese gute Fügung sofort feiern, und wenn es all meine ersparten Schillinge kosten sollte. Ich marschierte laut und breitschulterig ins Stadtinnere, eng darauf bedacht, ein Weinlokal zu finden, wo ich Bowle bekäme. Aber wenn ich ein Wirtshaus erreichte, das solchen Eindruck erweckte, dann brachte ich angesichts meines werktätigen Anzuges nicht die Kurage auf, einzutreten. Und so irrte ich weiter und immer weiter.

Ich stand auf einmal vor einem Denkmal, las den Namen Wilberforce. Ich wußte nicht, wer das war, es interessierte mich auch nicht. Ich sprach das Wort Wilberforcemonument wohl zehn, zwanzig Male hintereinander laut aus.

Ja, das war es. Das hatte sie gesagt: »Ten o'clock Wilberforcemonument.«

Ich hielt einen Passanten an. Wie spät? – Es war neun Uhr. Über mich selbst gezwungen lächelnd, schickte ich mich an, eine Stunde dort zu warten, weniger aus unbestimmter Hoffnung heraus, als vielmehr, um ein Versäumnis gewissermaßen zu sühnen.

Denn was mochte sie von mir gedacht haben, als ich zehn Uhr nicht zur Stelle war.

Hatte sie etwa zehn Uhr vormittags gemeint?

Wer war sie wohl? Vielleicht war sie nur meiner Einsamkeit und Bedürftigkeit so überirdisch und vornehm erschienen. Vielleicht war sie eine ganz simple Kontoristin, die sich innerlich ebenso lustig über mich machte wie ihre Begleiterin. Dann hatten die Worte »Ten o'clock Wilberforcemonument« nur die Bedeutung eines Spaßes.

Über solchen Träumen verflog mir die Zeit sehr rasch. Nach allen Seiten auslugend, war ich derweilen andauernd im Kreise um das Denkmal geschritten. Auf dem Platze war wenig Verkehr um diese Stunde. Als ich wieder jemand um die Uhrzeit fragte, war es ein Viertel vor elf.

Ich sprach ein kleines vorbeigehendes Mädchen an, das grell geschminkt war und nach Himbeeren roch. Sie nahm mich mit in ihr weit entlegenes Zimmer und ich hatte dort außer allem Erwarteten ein seltsames und eindrucksvolles Erlebnis, über das ich nicht reden mag.

Mister Bloom war sehr aufgebracht, als ich am Morgen heimkehrte und die Mitteilung machte, daß ich ihn noch am selben Tage verlassen müßte.

»Ich habe dich aus Barmherzigkeit von der Straße aufgelesen«, sagte er. »Wir haben dich herausgefüttert und wie einen Sohn behandelt, und nun hast du einen neuen Anzug und neue Schuhe bekommen, nun läufst du davon.«

Als ich aber Abschied nahm, erwiderte er meinen Händedruck doch freundlich, und Frau Bloom weinte, fast so, wie sie über die Katze geweint hatte. Der Tochter hinterließ ich Grüße, sie war seit zwei Tagen verreist.

Matrosen

Erinnerungen, ein Skizzenbuch:
handelt von Wasser und blauem Tuch

Vorwort

Ich will mit euch plaudern, die ich mir denke. Mit euch, die ihr die See liebt und etwas über das Leben und den Charakter der Seefahrer erfahren möchtet. Und mit euch, die ihr manches oder gar viel mehr darüber wißt und euch von mir nur mit Worten und Bildern an eure Erlebnisse freundlich erinnern lassen wollt.

Ihr fordert weder eine erschöpfende noch gelehrte Abhandlung. Ich bin viel zu ungebildet, um das geben zu können. Ich habe auch praktisch, als Matrose, es noch nicht einmal bis zu einer Durchschnittsqualität gebracht.

Nicht alle Matrosen sind solche Matrosen, wie ich sie schildere. Für ausländische gilt nicht immer dasselbe wie für deutsche. Bei der Handelsmarine sind nicht die gleichen Zustände wie bei der Kriegsmarine. Die maritimen Verhältnisse lagen früher anders als heute, und jedes neue Jahr bringt Verbesserungen oder Veränderungen. Ich werde bezüglich dieser und anderer Punkte manches durcheinanderwerfen. Naheliegenderweise werde ich vorwiegend von deutschen Matrosen sprechen.

Da ich aus Sachsen stamme, kann ich nicht platt-

deutsch mit euch reden. Auch versuche ich nicht, euch mit Fachausdrücken zu imponieren.

Ich bin nicht der olle ehrliche Seemann.

Und ihr seid – – –??

Wenn ihr dieses Buch als ein Bilderbuch und ein Lesebuch oder als ein Notizbuch und ein Skizzenbuch für gut befindet, dann seid ihr die Leser, die ich mir gedacht habe.

München 1927

Galeerensträflinge einst. Darüber mag man nachlesen. Noch im achtzehnten Jahrhundert wurden beliebige junge Burschen gewaltsam zu Matrosen gepreßt. Benjamin Franklin hat empört dagegen geschrieben. Die allgemeine Wehrpflicht bei uns vor dem Weltkrieg, bei andern Ländern noch heute, liegt nicht so weit davon entfernt.

Es ist nicht lange her, daß auch bei uns in Deutschland noch junge Leute von geheimen Agenten überredet, »eingetränkt«, »vershanghait« wurden.

Die legitimen Agenten, die sogenannten Heuerbase, waren zum Teil auch recht fragwürdige Existenzen. Sie knöpften den Eltern fünfhundert Mark ab und häuften dafür eine seemännische Ausrüstung auf den Ladentisch. Davon imponierten besonders ein blauer Anzug, Seestiefel, Ölzeug, Südwester und ein Lederriemen mit langem Scheidemesser, imponierten wenigstens dem zur See gehenden Jüngling. Und den Eltern versprach man, ihren Sohn schnellstens auf ein großes eisernes Vollschiff zu bringen, wo er unter bester bewährter Fürsorge in kurzer Zeit eine glänzende Karriere machen würde.

Aber nachdem meine Eltern Hamburg wieder verlassen hatten, kümmerte sich mein Heuerbas nicht mehr um mich und ließ mich wie andere Neulinge verlottern. Erst nach langem Drängen schickte er mich als Frachtgut nach Le Havre und dort auf eine kleine verwanzte Holzbark unter ein reichlich rohes

Schiffsvolk. Nachdem ich später in Zentralamerika von diesem Schiff desertiert war, weil ich mehr Schläge als Essen bekommen hatte, wurde ich richtig vershanghait. Auf ein mexikanisches Kriegsschiff, von dem mich allerdings die englische Geheimpolizei bald wieder herunterholte, nicht in meinem Interesse, sondern in dem meines bisherigen Kapitäns.

Heute werben Kriegsmarinen. Bei den Handelsmarinen sind Leute, deren Väter und Urväter schon Seeleute waren. Sonderlich auf den Fischerbooten in Salzwasser und Süßwasser.

Viele Leute melden sich freiwillig zur Kriegsmarine oder zur Handelsmarine, oder die Eltern schicken sie zwecks Erziehung dorthin, »damit sie sich erst einmal ein Jahr lang etwas Wind um die Ohren blasen lassen«. Diese haben nicht gutgetan, haben etwas ausgefressen. Jene sind heimlich von zu Hause ausgekniffen, oder es treibt sie Ehrgeiz oder Abenteuerlust durch Phantasie und Lektüre aufs Meer. Sie alle erleben bald Enttäuschungen. Die meisten von ihnen kehren reuig zurück oder satteln in irgendeiner Ferne um. Die wenigen, die aushalten, haben es schwer. Höfliche und respektvolle Worte gibt es nur am Start und Ziele der Seemannslaufbahn.

Den Neulingen gegenüber

sind die alten Seeleute unerbittlich streng.

Ich denke dabei nicht an die Kriegsmarine noch an gewisse Zivilschulschiffe, wo die Schiffsjungen zwar auch straff, aber unter Aufsicht von ihrerseits kontrollierten Berufslehrern oder Offizieren doch in humanerer Weise ausgebildet werden. Nein, ich rede von den anderen Segelschiffen. Denn wer die Seemannskarriere ergreift, muß vor allem erst jahrelang auf Segelschiffen lernen. Sonst wird er später nicht zum Steuermannsexamen zugelassen.

Die Matrosen dieser Segler sind hartherzig. Mit offener Verachtung behandeln sie besonders die Jünglinge aus dem Binnenlande, die weder Platt verstehen noch jene einfachsten, allgemeinen Schiffskenntnisse mitbringen, die jeder Wasserkantler besitzt. Wenn solche Landratten gar noch mit einem Stehkragen antreten, Milchgesichter aus feinem Hause sind – wehe ihnen! Ihre höhere Schulbildung, ihre höflichen oder gar vornehmen Manieren werden ihnen ebenso verübelt wie körperliche Schwächlichkeit. Diese »Fünfhundertmarksjungen« erwartet eine harte Schule an Bord.

Es gibt keinen Unterricht in dieser Schule. Die Jungens müssen sich alle Kenntnisse, alle Griffe heimlich absehen, ablauschen, und solange sie im praktischen Dienste versagen, straft man sie und beschimpft man sie, wobei es gar keine Rolle spielt, ob sie fünfzehn, siebzehn oder dreißig Jahre alt sind. Sie sind eben Schiffsjungen.

Das grausame Kielholen hat man abgeschafft. Aber im Winter zehnmal hintereinander über die Toppen entern zu müssen, das heißt: durch das vereiste Tauwerk bis zur Mastspitze und auf der andern Seite zurückklettern zu müssen, ist auch eine peinvolle Angelegenheit.

Unter dem christlichen Kapitän Pommer wurden wir Boys mit Tauenden und Fäusten, ja sogar mit Eisenstücken geschlagen und mit Fußtritten traktiert.

Dazu kommt der kalte, wortkarge Spott und der rohe, oft grausame Spaß der Matrosen.

Sie zwingen den seekranken Schiffsjungen, einen Hering zu verschlucken, daran sie ein Garn gebunden haben, um den Bissen nachträglich wieder herauszuziehen.

Aber wenn diese Jungens durchgehalten haben, dann haben sie auch viel und gut gelernt. Und hinterher sind sie dankbar für ihre rauhe Erziehung. Auch ich bin heute der Schläge auf der »Elly« froh.

Nur eins verzeihe ich dir nie, alter, wohl längst verstorbener Kapitän Pommer: daß du mir in Westindien den Kognak verweigertest, um den ich dich bat, weil ich darin – in Ermangelung von Spiritus – eine Tarantel und sieben Skorpione konservieren wollte. Du glaubtest meinen Schwüren nicht und sagtest: »Nein, Seppl, nachher säufst du den Kognak doch aus!«

Auch mit geistig Minderwertigen, mit beschränkten Kameraden treiben die Schiffsleute recht derbe Scherze.

Auf einer Spanienreise haben wir einem schwachsinnigen Heizer nachts, als er schlief, Leim über den Bart gegossen, was freilich auch komische Wirkungen ergab. Und denselben Heizer beredeten wir, daß er auf der Rückfahrt seine eingekauften Apfelsinen und Feigen und manchmal sogar seine Brotration in den Kettenraum warf, um einen Gorilla zu füttern, den wir angeblich gefangen und dort eingesperrt hatten.

Wenn die Matrosen mit offenen Worten oder mit Gewalt nicht zu ihrem primitivsten Recht kommen, dann geschieht es wohl, daß sie jemandem heimlich einen Tort antun.

Auf dem Dampfer Florida stellten wir nachts Laternen an Deck, um fliegende Fische anzulocken. Der geizige Kapitän Nacari stand frühzeitig auf und sammelte die fliegenden Fische vom Deck und ließ sie sich braten und gab uns nichts ab. Fortan kamen wir ihm zuvor, schnitten die Flügel von den Tieren ab

und banden sie an Holzstückchen, die wir liegen ließen. Die Fische verzehrten wir selber heimlich.

Kapitän Nacari ließ uns eine hundsmiserable Verpflegung zuteil werden. Wenn ich unbeobachtet von ihm über Deck ging und seine Hühner liefen gerade frei herum, dann warf ich die Arme hoch und rief auf deutsch, welche Sprache niemand außer mir verstand: »Alles, was Federn hat, fliege hoch!!« Dann flogen die aufgescheuchten Hühner hoch auf und blind, wie sie sind, direkt ins Wasser.

Zweimal erlebte ich auf Segelschiffen, daß die Matrosen dem Koch, weil er schlecht kochte und Mannschaftsproviant unterschlug, und weil Prügel daran nichts änderten, den äußersten Ring vom Herde stahlen und über Bord warfen.

Aber im Grunde sind Seeleute weder rachsüchtig noch nachträglich.

Geistigkeit gibt es bei ihnen nicht, wohl aber zuweilen gesunden, simplen Humor. Ihre derben Späße sind zum großen Teil überliefert.

Sie reichen dem Schiffsjungen ein Fernrohr, zwischen dessen Gläser sie vorher ein Haar gespannt haben. Er soll ausschauen, ob der Äquator schon in Sicht wäre. Mancher Junge sieht ihn.

Und dann werden die getauft, die den Äquator noch nie zuvor passiert haben. Alle möglichen hinterlistigen Gebräuche kommen dabei in Anwendung, und der Schiffsführer darf nichts dagegen einwenden, sieht auch, gleich den anderen Offizieren, gern schadenfroh zu.

Der junge Herr Zahlmeisteraspirant muß wohl oder übel hinter einer lebenden Sau in einen langen Segeltuchschlauch kriechen. Dann halten einige Matrosen den Schlauch hinter ihm zu. Andere richten durch die vordere Öffnung einen Wasserstrahl auf die Sau, die dann zurückprallend mit dem Herrn Zahlmeisteraspirant kollidiert.

Auf großen Passagierdampfern gestalten sich die Zeremonien noch umfangreicher und pompöser. Da spielt das Einseifen und Rasieren mit einem riesigen Holzmesser, spielen Nixen mit breiten Schultern und seltsam rauhen Stimmen eine große Rolle, und der leibhaftige Neptun steigt aus dem Wasser an Bord.

Zum Schluß stellt der schreibkundigste Matrose schwitzend und wichtig dem Täufling das Taufzeugnis aus. Er schreibt mit den schwieligen Händen unorthographisch den altübernommenen, mühsam auswendig gelernten Text, den alle Matrosen unterzeichnen und den der Steuermann zum Schluß mit dem Schiffsstempel versieht.

Wir Neptun aus eigener göttlicher Macht Herr und Gebieter aller Meere, Seen, Flüsse, Bäche, Teiche, Sümpfe, Gräben, Moräste und Pfützen, bekunden hiermit, daß am heutigen Tage:

Im Jahre des Heils 1902 den 25. Dezember

der Leichtmatrose
Hans Bötticher

beim Passieren der Linie (Äquator) die übliche Taufe erhalten und als Bürger unserer nassen Staaten aufgenommen ist.
Wir befehlen daher allen Behörden und Meerjungfern aller oben aufgeführten Elemente, dem

p. p. Bötticher

beim Betretungs- resp. Hineinfalle alle Hilfe und jeden Schutz angedeihen zu lassen.

Gegeben an Bord S. S. Numidia

Unter Unserem Königl. Insiegel u. eigenhändiger Unterschrift

Neptun

Es folgen Unterschriften

Das Heimweh, jenes Heimweh des Gebirgssohnes, der sich niemals ganz in die Fremde einfindet, ist ihnen oder wird ihnen fremd. Ja, es bildet sich bei ihnen mit der Zeit etwas beinahe Gegenteiliges heraus. Ein Fernweh. Sie müssen immer wieder weit weg und woanders sein und sind es gern. Ohne daß sie darüber die Liebe zur Heimat verlieren.

Wie froh schlägt den Deutschen das Herz, wenn sie nach langer Abwesenheit Elbe aufwärts fahren und die Hamburger Michaeliskirche in Sicht kommt. Oder wie gespannt erwarten sie in Yokohama – und wie oft lesen sie – einen Brief aus der Heimat. Was bedeutet für den Memelsmann ein Weihnachtspaket von Muttern, das er in Tropenhitze öffnet!

Ich besinne mich auf ein Weihnachten, da ich in solcher Tropenhitze mit einem Dampfer auf der Reede von Maranhao lag. Wir durften nicht an Land, weil die Pest dort herrschte. Wir hatten den Tag über und bis spät in die Heilige Nacht hinein schwer zu arbeiten, um einen bedenklichen Schaden auszubessern. Hinterher öffneten wir das Weihnachtsgeschenk unserer Reederei: pro Mann eine Flasche Bier. Das Bier war durch die Hitze verdorben. Aber dann hatte einer von uns in eine Holzspiere zwei Löcher gebohrt und in die Löcher zwei Handfeger gesteckt, die Borsten nach unten, so daß das Ganze aussah, wenigstens für uns aussah, wie ein Weihnachtsbaum. Und wir sangen ein Weihnachtslied und hatten Hunger und insgeheim etwas Sehnsucht. Und hätte damals eine Fee einem von uns nur eine unbelegte und unbeschmierte Scheibe richtigen frischen Brotes geschenkt, der Empfänger wäre hochbeglückt gewesen. Und wir anderen mit ihm. Denn er hätte es unter uns fünfzehn (oder wieviel wir auch sein mochten) geteilt.

Gefahren und Strapazen

Äußerste Disziplin, Umsicht und Kaltblütigkeit sind erforderlich, um auf den einsamen Schiffen den Gefahren, Beschwerlichkeiten und unberechenbaren Zufällen zu begegnen.

Wie mannigfaltig diese sind, davon erhalten wir schon ein kleines Bild, wenn wir einmal die allgemeinen Beförderungsregeln auf den Konnossementen (Ladescheinen) der Schiffahrtslinien durchlesen. Es heißt da unter § 11: Der Reeder ist nicht verantwortlich für Schäden, Einbußen und Verluste, die verursacht sind durch:

1. höhere Gewalt, die Gefahren der See, Feuer, Explosionen, Kollisionen, Strandungen und alle anderen Schiffahrtsunfälle,

2. Feinde, Seeräuber, Baratterie, Beraubung, Diebstahl (es sei denn, daß die Beraubung oder der Diebstahl durch die Schiffsmannschaft begangen ist), Arrest oder Verfügungen von hoher Hand, Werfen oder Nehmen, Ausräucherung, Desinfektion oder sonstige Sanitätsmaßnahmen behördlicher Art, Meuterei, Boykott, Streik und Aussperrungen,

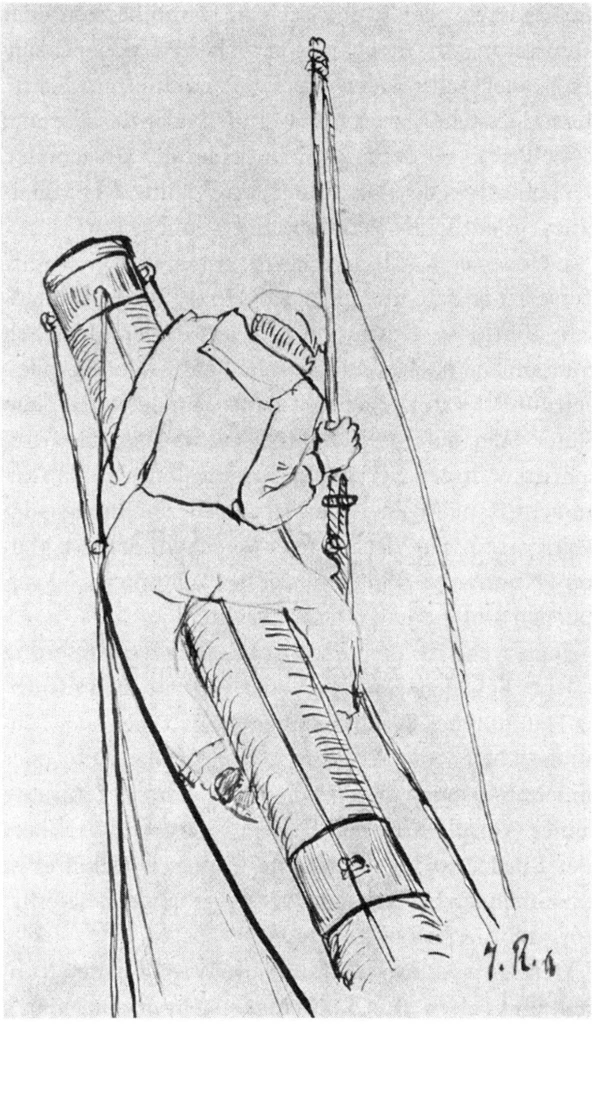

3. Platzen oder Explosion von Dampfkesseln oder Rohrleitungen, Brechen von Schäften oder Lösch- und Ladegeschirr oder irgendeinen Fehler am Schiff, dessen Zubehör, an den Maschinen oder Kesseln und Zubehör (es sei denn, daß ein Fehler die Ursache ist, der bei Antritt der Reise unter Anwendung der Sorgfalt eines ordentlichen Verfrachters erkennbar war),

4. Ungeziefer, Ratten- und Wurmfraß, Rost, Schweiß, Zersetzung, Schwinden, Bruch, Hitze, Regen, klimatische Einflüsse, Oxydation oder aus diesen Ursachen entstandene Folgen, Landbeschädigung oder irgendeinen aus der natürlichen Beschaffenheit der verladenen Güter oder der mangelhaften, schwachen oder vorschriftswidrigen Verpackung, mangelhaften oder unvorschriftsmäßigen Adressierung, Bezeichnung oder Markierung, Verwischen oder Verschwinden der Marken, Nummern, Adressen oder Bezeichnungen der verladenen Güter entstandenen Nachteil,

auch wenn zu dem Eintritt oder der Vergrößerung solcher Schäden, Einbußen oder Verluste rechtswidrige Handlungen, Nachlässigkeiten, Irrtümer oder Fehler des Lotsen, des Schiffers, der Schiffsbesatzung oder anderer Personen, deren sich der Reeder zur Erfüllung seiner Verpflichtungen bedient, mitgewirkt haben. Der Reeder ist berechtigt, die in diesen Fällen etwa entstehenden Havarie-große-Beiträge von den Beteiligten zu fordern.

Herzlos ist die See und sind ihre Wetter. In den Runzeln und Falten alter Seemannsgesichter kann man's lesen.

Nur zähe Naturen halten den Seemannsberuf aus. Allerdings ist die stete Bewegung in freier Salzluft die beste Abwehr gegen Krankheiten. In vielen Fällen haben sogar schwere Krankheiten an Bord sozusagen sich von selbst geheilt.

Die harte Arbeit stählt den Körper. Auf See gehen die Matrosen meist Wache um Wache, vier zu vier. Das heißt, sie haben vier Stunden Dienst und dann vier Stunden Schlaf und das abwechselnd so weiter durch Tag und Nacht. Aber in die Schlafzeit fallen ihre Mahlzeiten und ihre privaten Verrichtungen.

Der langbefahrene Seemann, der sich mit Ersparnissen rechtzeitig vom Berufe zurückzieht, um sein Leben an Land zu beschließen, erreicht meist ein hohes Alter.

An Bord sterben wenige eines natürlichen Todes. Das Seemannsbegräbnis auf hoher See, da man den Toten in Segeltuch einnäht und ins Meer versenkt, ist kein häufiger Fall.

Aber Unwetter und Unglücksfälle aller Art drohen den Matrosen. Das Wasser hat keine Balken, und die Haifische haben Hunger. Alljährlich verschlingt die See zahllose Opfer. Daß die meisten Matrosen nicht schwimmen können, hat damit kaum etwas zu tun.

Ein armselig tapferes Volk sind diese Matrosen. Auf Walfischfängern, auf Fischerbooten, auf Seglern und Dampfern.

Im kirchlichen Sinne gewiß nicht. Dem Seemannspastor, der sie kurz nach der Landung im fremden Hafen besucht und zum Gottesdienst einlädt, geben sie zur Antwort, ein Pfund Rindfleisch wäre ihnen lieber.

Die in das christliche Seemannsheim einkehren, sind arme stellungslose Matrosen, die sich dort aufwärmen oder eine Bohnensuppe profitieren wollen. Mit düsterem Schweigen ertragen sie es, daß sie dafür unverständliche Lieder singen, Gebete sprechen und uninteressante Vorträge anhören müssen.

Matrosen sind abergläubisch. Der fliegende Holländer, Klabautermann und andere dämonische Wesen und Gespenster sind ihnen heute nur noch Kindermärchen. Aber fast jeder Seemann führt sein Amulett oder einen Fetisch mit sich. Ich besinne mich auf einen russischen Matrosen, der einen lästig großen Backtrog seiner Großmutter auf allen Reisen als Talisman bei sich behielt.

Viele haben ihre speziellen abergläubischen Angewohnheiten. Daneben gehen allgemeine Regeln. Kein Schiff läuft ungestraft am Freitag aus.

Ins Kapitel Aberglauben gehört auch der goldene Ring, den manche Leute im Ohr tragen und der sie vor Augenkrankheiten schützen soll.

Matrosen fluchen wie die Türken. Vielleicht fluchen die Türken wie Matrosen. Die fluchen »porco madonna!« und »God damned son of a bitch!« und was nicht alles. Aber das besagt nicht viel. Beten habe ich noch keinen gehört. Aber Ertrinkende, Sterbende, riefen: »Jesus Maria, meine arme Anna!« oder: »O Gott! O Gott! O Gott!«

Ich weiß nicht, ob sie fromm sind. In ihren Liedern werden mitunter Gebete erwähnt, zum Beispiel in dem schönen Sang, der schildert, wie ein unterwegs Gestorbener ins Meer versenkt wird. »Leise und auf sanften Wogen zieht ein Schifflein seinen Lauf.« Mit dem erfreulichen Beerdigungs-, richtiger Einwässerungsrefrain:

Glori glori halleluja
Schön sind die Mädchen von Batavia!
Glori glori halleluja
Schöne Mädchen gibt es da.

Ihre Sprache

Es fällt ihnen nicht schwer, sich in fremden Häfen zurechtzufinden. Ihr Interessenradius ist klein. Die wenigen Ausdrücke sind leicht erlernt, wenigstens in den Hauptsprachen Englisch, Französisch, Deutsch und Spanisch.

Aber auch darüber hinaus verständigen sie sich leicht mit den Hafenleuten und Seeleuten anderer Völker. Ihre Ziele und Wünsche sind meist dieselben. Essen, Trinken und Weiber, meist in den dürftigsten Stadtteilen. Sie sprechen ein Mischmasch aus vielerlei Küstensprachen. Platt und Messingsch, Spanisch und

Skandinavisch, Holländisch und Pidgin-English oder Bêche de mer.

So finden sich internationale Matrosen auch an Bord rasch zusammen. Einig im gleichen Beruf, in gleichen Instinkten und gebunden an gewisse allgemeine, zum Teil ungeschriebene Seemannsgesetze.

Da gibt es einen Ausdruck aus Sprachverquickung »mi no savi«, den die Seeleute und Küstenbewohner aller Länder verstehen, und der soviel bedeutet wie »Kannitverstan«. Mit diesem Ausdruck habe ich einmal ein gutes Geschäft gemacht. Ich lag mit einem Dampfer in Cardiff. Mein Haar war überlang und verwildert, und so ging ich, um es schneiden zu lassen, an Land, in den ersten besten Barbierladen. Ich hatte einen Schilling in der Tasche, nach meiner Erfahrung also reichlich mehr Geld, als ich brauchte.

Der Friseur machte sich eifrig an seine Arbeit, und wir führten dabei ein sehr lebhaftes, scherzhaft streitendes Gespräch auf englisch über den damals aktuellen Burenkrieg. Ich trat für die Buren ein, der Friseur für die Engländer.

Als er endlich fertig war, entstand ein seltsamer Dialog. Ich fragte: »Was bin ich Ihnen schuldig?«

Er sagte: »Zwei Schilling.«

Ich sagte: »Unmöglich, Sie scherzen wohl?«

Er schob meinen hingelegten Schilling zurück und sagte plötzlich sehr unfreundlich: »Nein. Zwei Schilling.«

Ich schob den Schilling vor. »Ich habe nur einen Schilling bei mir.«

Er schob achselzuckend den Schilling zurück. »Zwei Schilling.«

Ich schob den Schilling vor, legte meine silberne Uhr dazu und sagte: »Ich bin auf dem Schiffe so und so. Wir liegen dort und dort. Ich werde den anderen Schilling holen und bringen.«

Er schob Geld und Uhr zurück. »Nein. Zwei Schilling, oder ich rufe einen Polizisten.«

Ich zuckte die Achseln und steckte Uhr und Schilling wieder ein. Der Barbier verließ den Laden und schloß die Tür von außen ab.

Ich saß sehr unbehaglich da und nahm die Sache viel zu tragisch. Hin und her sinnend, faßte ich endlich einen Entschluß, über dessen Wirkung ich mir absolut nicht klar war.

Nach geraumer Zeit betrat der Barbier wieder den Laden. Ihm folgte einer jener langen und durch einen langen Helm noch verlängerten englischen Policemen. Der wandte sich sofort barsch an mich: »Sie wollen diesen Mann nicht bezahlen?«

Ich sah den Schutzmann dumm verständnislos an und sagte: »Mi no savi.«

Er: »Sprechen Sie nicht Englisch?«

Ich: »Mi no savi.«

Der Barbier wurde krebsrot. »Wundervoll Englisch spricht er«, schrie er, »wir haben uns über den Krieg unterhalten.«

Der Polizist zu mir: »Was sagen Sie dazu?«

Ich, dumm wie bisher: »Mi no savi.«

»Wo kommen Sie her?« »Zu welchem Schiffe gehö-

ren Sie?« »Wo liegt Ihr Schiff?« Ich antwortete auf alles: »Mi no savi!«

Der Schutzmann und der Barbier zogen sich zurück und flüsterten miteinander. Dann trat der Schutzmann ruhig auf mich zu und – unbetont und ohne irgendwelche bezeichnende Handbewegung dazu zu machen – sagte er: »Gut, dann scheren Sie sich zur Hölle.«

Gottlob, ich merkte diese Falle und blieb still sitzen und antwortete wieder dumm verständnislos: »Mi no savi.«

Im nächsten Moment packte mich der Policemen am Kragen, der Barbier riß die Tür auf. Ich befand mich plötzlich auf der Straße und ging mit meinem Schilling vergnügt eins trinken. Auf das Wohl dieses Gauners und Dummkopfes.

Und schrieb das kleine Erlebnis etwas später nieder, und das Hamburger Fremdenblatt zahlte mir dafür acht Mark Honorar.

Selbstverständlich genießen sie freie Wohnung und Verpflegung an Bord. Ihre Löhnung wird ihnen vorsichtigerweise erst nach Beendigung der Reise ausbezahlt. In den Häfen unterwegs gewährt man ihnen nur geringe Vorschüsse.

Davon besaufen sie sich und kaufen exotische Spezialitäten ein.

Um diese Geschenke, Papageien, Parfüms, ausgestopfte Krokodile, Muscheln, Elefantenzähne, Felle usw., wohlbehalten nach der Heimat zu bringen, scheuen sie keine Unbequemlichkeit. Sie erstehen etwa in Madeira zwei Büschel Bananen und hängen sie – weil die Früchte nicht liegen dürfen – in ihrer engen Koje auf und schlafen von nun an bis Hamburg auf dem harten Deck. In Hamburg aber schlingen die Schlafbase oder Kneipenwirte die geschenkten Bananen so gleichgültig hinunter, wie sie andere Bananen verzehren, die dort billig auf den Straßenkarren zu kaufen sind.

Nach Beendigung der Reise hat der Seemann mit eins viel Geld in der Tasche. In diesem Glücksgefühl verschwendet und verschleudert er sein Geld und die mitgebrachten Andenken wahllos und großzügig.

Jahnmaat bringt einen silbernen Drachenbecher aus China mit, für seine Mutter in Erfurt bestimmt. Im Hamburger Zollamt spricht ein Kommis ihn an, ob der schöne Becher wohl verkäuflich wäre. Jahnmaat schenkt den Becher sofort dem Kommis. Der zieht dankend ab und lacht hinterher über den dummen Matrosen. Und später entdeckt er auf dem Boden des Bechers den Stempel »Made in Germany«.

Es kommt auch vor, daß Matrosen ohne Geld zurückkehren und unter Umständen nicht einmal den Zoll für die mitgebrachten Auslandssachen erschwingen können. Weil sie die Dinge aber nicht dem Zollbeamten schenken wollen und andererseits Eile haben, an Land zu kommen, so werfen sie dann das Zollpflichtige kurzerhand ins Wasser.

Matrosen und Zollbeamte leben in einem steten Krieg. Erfinderisches Raffinement einerseits und Spitzfindigkeit andererseits übertrumpfen einander immer wieder.

Hansen und ich hatten zollpflichtige Waren aus Argentinien mitgebracht. Wir packten sie zuunterst in einen Kleidersack und stopften die schmutzige Wäsche darüber.

»Was haben Sie in dem Sack?« fragte mich der Beamte, als wir vorm Freihafen das Zollamt betraten.

»Dreckige Wäsche«, antwortete ich mürrisch.

»Packen Sie mal aus!«

Ich schob den Sack Hansen hin. »Pack du den Saukram aus!«

Hansen stieß den Sack von sich. »Pack ihn doch selber aus! Es sind doch deine verwanzten Lumpen!«

Der Beamte öffnete nun selbst den Sack ein wenig, sah obenauf etwas Schmutziges, Schmieriges, murmelte etwas von verwanzten Lumpen und winkte uns zu, uns schleunigst davonzumachen.

Aber solche Tricks lassen sich nicht wiederholen.

Als ich in Bremen auf der Florida anmusterte, geschah das so eilig und so kurz vor Abfahrt des Dampfers, daß ich nicht mehr Gelegenheit fand, mir eine Matratze zu kaufen. Ich bat deshalb in England den Kapitän um einen Vorschuß für diese Besorgung. Unfreundlich zahlte er mir einige Schillinge aus, die ich aber dann im Wirtshaus verputzte. So mußte ich während der Weiterfahrt auf den harten Kojenbrettern schlafen. Bis Venedig. Dort ging ich zum Kapitän. »Die Schillinge haben nicht gereicht. Ich bitte um einen neuen Vorschuß.«

Herr Nacari fluchte, nannte mich einen vermaledeiten Lügner, aber gab mir abermals Vorschuß. Jedoch der italienische Wein war so gut, und man feierte gerade Karneval in Venedig. Ich kehrte ohne Matratze an Bord zurück. In Odessa betrat ich zögernd die Kajüte. »Kapitän, ich bitte um Vorschuß; ich habe das Geld in Venedig versoffen.«

»Du Hundesohn, du Bestie! Hinaus, oder ich schlage dich tot.«

Ich erhielt kein Geld. Es schlief sich allzu hart auf den nackten Brettern. Als wir in Nikolajew anlegten, bestellte ich mir heimlich, auf Schiffskosten, eine Matratze bei dem Händler, der die Florida dort mit Proviant und Schiffsmaterial versorgte.

Mittags saß ich unten im Matrosenlogis mit meinen Kameraden beim Essen, als von oben eine laute Stimme ertönte: »Aufgepaßt unten!«

Und da polterte etwas Großes, Unförmiges die Treppe runter. Eine zusammengerollte, breite Matratze. Wir lachten alle.

»Aufgepaßt unten!« rief die Stimme oben wieder. Und abermals rollte etwas herunter. Eine zweite solche Matratze.

»Nanu?«

»Aufgepaßt unten!« Eine dritte Matratze fuhr wie eine Lawine in das enge Logis.

Meine Kameraden hatten aus Scherz und Mitleid mir ebenfalls heimlich eine Matratze bestellt. Und das gleiche hatte der Kapitän getan; ich weiß nicht, ob aus menschlichem Erbarmen. Jedenfalls besaß ich nun auf einmal drei Matratzen, und ich mußte sie später alle bezahlen, und wir trieben viel Unfug damit.

Täppische Bären sind sie an Land, lustig oder lästig anrempelnd und sich übernehmend.

Die Teerjacken der Handelsmarine fühlen sich auf festem Boden unsicherer als die uniformierten Matrosen, besonders wenn sie in bessere Stadtviertel oder gar in elegante Lokale oder Gesellschaften geraten. Denn im gleichen Maße, wie sie reichgekleidete oder studierte Leute an Bord heimlich verlachen, haben sie vor denselben an Land eine hohe Achtung. Ganz einfache, gefühlsmäßige Achtung. Ihre urwüchsige Natur grübelt nicht tief und wägt nicht lange ab.

Große Reedereien haben in den Zeugnisformularen für ihr Schiffspersonal eine Rubrik »Nüchternheit« vorgesehen. Mir hat ein Steuermann in diese Rubrik einen Strich gesetzt.

Matrosen saufen so, daß die Gastwirte sie lieben, die Kokotten sich bei ihnen sicher fühlen und passierende Damen ihnen in weitem Bogen ausweichen.

Sie raufen so, daß Regierungen und öffentliche Polizeien sich ihrer manchmal bei politischen oder öffentlichen Vorgängen bedienen.

Sie raufen und saufen so, daß die einzelnen Polizisten ihnen gern aus dem Wege gehen.

In Libau – im Kriege – erkundigte ich mich bei einem Kneipenbesitzer nach den russischen Matrosen. »Ach«, sagte er, »wenn sie nur ohne Bezahlung davonzogen, waren wir zufrieden. Meistens schlugen sie zuvor noch alles kurz und klein.«

Manche Matrosen können im Suff äußerst streitsüchtig werden. Als ich von 1903 bis 1904 auf S. M. S. Nymphe und S. M. S. Carola mein Pflichtjahr abdiente, hatten wir viele solcher rauhen und rohen Kraftburschen an Bord, Kerle, die manchmal nachts mit der Zwangsjacke vom Urlaub zurückgeholt werden mußten, weil sie sonst den ersten besten Vorgesetzten in die Augen geschlagen hätten.

Diesen Leuten gab man an anderen Tagen extra Zulagen in Wurst oder Schnaps, weil sie Bärenkräfte hatten und weil sie bei den Ruderregatten, wenn es um die Schiffsehre ging, ihre äußerste Muskelkraft einsetzten. Wir Einjährigen hatten einen Heidenrespekt vor diesen Bullen. Es kam hinzu, daß die Einjährigen bei der Marine auch von seiten der Offiziere strenger und geringschätziger behandelt wurden als die dreijährig dienenden Gemeinen. Was gewiß eine sehr weise Einrichtung war.

Damals ging es in Kiel vor den Landungsstegen nachts so wüst zu, daß Damen oder modisch gekleidete Herren sich dort nicht hinwagen durften. Es gab nicht nur persönliche Reibereien, sondern zum Beispiel lagen sich immer die Leute von der Matrosendivision mit denen der Torpedodivision in den Haaren. Letztere hatten als äußerlichen Unterschied nur eine rote Biese um den Mützenrand.

Es traf also ein Matrose von der I. M. D. einen Matrosen mit roter Biese. Sofort und ohne viel Worte – denn Maulhelden sind sie nicht – begann die Schlägerei.

Ein Zivilist blieb stehen, sich das Schauspiel anzusehen. Sofort fielen die beiden Matrosen über den »Grandy« her. Grandy war der Spitzname der Zivilisten.

Während der harmlose Teufel von den Marinern vertobackt wurde, tauchte ein Engländer auf. Sofort stürzten sich die bisherigen drei Kämpfer gemeinsam auf den Englishman. Es wurde eine harte Boxerei.

Bis auf den Lärm hin ein Schutzmann erschien. Dann wurde dieser Schutzmann von den beiden Matrosen, dem Engländer und dem Zivilisten gemeinsam siegreich verprügelt.

In solch perfekter Reihenfolge vollzogen sich die Schlachten dort wohl nie, aber diese damals zirkulierende Anekdote griff nicht weit daneben und kennzeichnete die damalige mannschaftspolitische Lage im Kieler Hafen.

Matrosenliebe – Seemannstreue

Matrosenbräute??

Losgelassene Stiere, durchgehende Pferde nach langer Stallzeit, so stürmen die Matrosen an Land. Ihre Ansprüche sind nach so langen Entbehrungen nicht kompliziert. Die letzte Erfüllung wird in der ersten Nacht meistens von bewußtloser Besoffenheit umnebelt.

Sie sind ihren Bräuten schwärmerisch treu. Bis zum nächsten Hafen. Die Bräute verhalten sich ähnlich.

Aber ich weiß auch entzückende gegenteilige Bei-

spiele, weiß von rührender, lebenslänglicher Anhänglichkeit japanischer Freudenmädchen, weiß manches Schöne darüber mehr.

Auf Heimaturlaub und besonders, wenn ihre Heimat im Binnenlande liegt, lassen sich die Seeleute mit komischem Stolz bewundern und mit etwas geschämigem Behagen verhätscheln. Von den Eltern, von Geschwistern, Freunden, Bekannten oder von einer Braut.

Verwirrt und in Verlegenheit vor den tausend Fragen, die an sie gerichtet werden, kommen sie dann leicht dazu, zu lügen oder aufzuschneiden, Seemannslatein zu erzählen, Seemannsgarn zu spinnen.

Die vielfach verbreitete und naheliegende Ansicht, daß unter den Matrosen außergewöhnlich viel Homosexuelle wären, trifft nicht zu.

Es gibt aber bei ihnen eine ergreifende männliche und salzige Freundschaft zwischen Kameraden. Es gibt eine starke Treue zum Schiff und eine innige Anhänglichkeit an Heimat, heimatliche Bräuche und Lieder und an die Muttersprache.

Der ehrliche Seemann

Ein Märchen

Es lebte einmal eine Fee auf Erden in Gestalt einer schönen Prinzessin. Die wohnte in einem prächtigen Schloß, hielt sich unzählige Diener und goldene Wagen mit wertvollen Pferden und trug die kostbarsten Kleider, so daß der Ruhm ihres Reichtums wie der ihrer Schönheit weit hinausdrang. Die Prinzessin hatte im ganzen Lande verbreiten lassen, daß sie sich vermählen wolle, daß sie aber nur einen zum Gemahl nehmen würde, der ganz frei von Lüge und falscher Gesinnung wäre; denn sie liebte die Wahrheit und die Offenheit über alle Maßen. Da strömten denn die Ritter und Edelleute aus allen Teilen des Landes herbei, die die reiche und schöne Prinzessin gerne besessen hätten. Diese ließ jeden einzeln zu sich kommen, legte ihm eine Frage vor, befahl ihm, die der Wahrheit getreu zu beantworten. Darauf hieß sie ihm den Mund öffnen, setzte sich ihre Zauberbrille auf und blickte durch diese in den Mund. Da sah sie denn nun, daß keiner von den Freiern die Wahrheit gesprochen hatte, denn sie hatten alle gespaltene Zungen; das betrübte die Fee sehr, und sie schickte die Ritter und Edelleute wieder fort.

Da nun die Ritter und Edelleute kein Glück hatten, versuchten auch bald viele aus dem Volke, die Prinzessin zu gewinnen. Schuster, Schneider, Dichter, Sänger, Kaufleute und Gelehrte, ja sogar Bettler kamen auf das

Schloß; denn die Prinzessin ließ alle ohne Unterschied zu sich; aber alle diese Leute mußten unverrichteter Sache wieder heimkehren, denn sie wurden alle von der Zauberbrille als verlogen erkannt.

Da sprach auch eines Tages ein Seemann im Schlosse vor, der war gerade von einer weiten Reise zurückgekehrt, hatte dann die Prinzessin gesehen und sich so in sie verliebt, daß er auf der Stelle zum Schlosse geeilt war und um ihre Hand anhielt.

Mit festen Schritt trat er vor den Thron der holden Jungfrau.

»Sage mir die Wahrheit«, begann diese, »was liebst du am meisten, mein Herz, meine Schönheit oder meinen Reichtum?«

»Deine Schönheit«, erwiderte der Seemann ohne Besinnen, und das war wahr, denn er kannte ja ihr Herz noch gar nicht, und aus dem Reichtum machte er sich nicht viel.

Nun setzte sich die Fee die Zauberbrille auf und gebot dem Seemann, den Mund zu öffnen. Kaum hatte sie einen Blick in diesen getan, so rief sie: »Pfui Teufel, du priemst ja!«, und damit verschwand sie mitsamt ihrem Schlosse, den Dienern, Wagen und Pferden, und der Seemann erwachte in seiner Hängematte.

Kurt Tucholsky

Ein Jeder lebts

Meine sehr mäßige deutsche Schulbildung langt nicht, um Ihnen zu sagen, wie man einen Stein nennt, an dem ein Stückchen Quarz sitzt und ein Stückchen Glimmer und ein bißchen so was und bißchen so was ... Diesen lateinischen Namen also weiß ich nicht. Aber solch ein Buch gibt es. Es ist so ziemlich das seltsamste, was man sich denken kann. Es ist von ... Nun, wir wollen erst einmal aufschreiben, was auf dem Titelblatt steht: ›Ein Jeder lebts‹ von Hans Bötticher (erschienen bei Albert Langen in München).

Ein Fressen für ›Einflüsse‹ suchende Doktoranden. Denn alles ist darin: Altenberg und englische Vorbilder und Bret Harte und Wilhelm Raabe (der in der Vollendung) und Thomas Mann und Harraden (›Schiffe, die nachts sich begegnen‹) und noch viel mehr. Es sind ein Dutzend kleiner Geschichten, eine immer hübscher als die andre. Und eine immer merkwürdiger als die andre, weil sie eigentlich alle zwölf recht verschieden voneinander sind. Das Lever eines kleinen deutschen Fürsten ist noch niemals so zart und minutiös geschildert worden; die Sentimentalität ist so hübsch in bunten Teig eingebacken, daß man sie nur ganz leise im Nachgeschmack hat – und was geradezu erstaunlich ist, das ist das Auge und das Ohr des Autors. Er hört noch die Schwingungen, die in den

Pausen zwischen den Worten sind – es entgeht ihm nichts – es ist oft eine Liebe wie bei Whitman, wenn er beobachtet und tendenzlos feststellt, was es alles gibt auf dieser bunten Erde ... So in der Anfangserzählung ›Die wilde Miss vom Ohio‹: da gibt es einen Ton, eine Melodie, ein Nachzittern der angeschlagenen Saiten, wie das wohl sonst nur ein Autor erreicht, wenn er solch ein Präludium an den Anfang eines ganz dicken Buches stellt, in dem nun wirklich die Geschichte der wilden Miss in vierhundert Seiten erzählt wird ... Dieser gibt nur das Präludium – das Stück ist niemals geschrieben worden.

Aber was ist das alles gegen meine alte Lieblingsgeschichte: ›Durch das Schlüsselloch eines Lebens‹. Sie stand einmal im ›Simplicissimus‹ – und ich wußte jahrelang ganze Absätze daraus fast auswendig, ohne mich jemals um den Autor gekümmert zu haben. Diese Geschichte ist so:

Ein Mann geht, um sich seinen Burgunderkopf auszulüften, morgens durch die Vorstadt aufs Land – geht spazieren und sieht sich jene vermiekerte Gegend an, wie sie so um die Großstädte zu sein pflegt: nicht mehr Stadt und noch nicht Land, aber von beiden die schlechten Eigenschaften. Und findet da im Schnee ein kleines Damen-Notizbuch. Die Adresse steht darin. Auch Bleistiftnotizen: »Graf Naschauer – Perlgürtel – Puderdose – Bahnhof – vier Uhr Kaiserplatz kleiner Schwarzer – Rezept Hirschpastete – ein Neger mit Gazelle zagt im Regen nie – Baron von Biegemann, Frankfurt am Main, Taunus-Straße 7 –« und was so in einem Notizbuch steht. Und weil der Mann müde und ausgeruht zugleich ist und etwas sucht, was ihn aufrütteln könnte, so geht er in die Wohnung dieser Dame. Sie ist ausgegangen. Und der Mann sieht sich nun einen langen dämmerigen Winternachmittag lang alle Sachen in dieser Stube an, die Bilder und den Kanarienvogel, der einen Berg Futter aufgeschüttet, aber kein Wasser bekommen hat, und Bücher und Fotografien und rät so herum ... Einmal taucht er auch das Gesicht rasch in einen Stoß weicher Spitzenhosen, die da auf dem Bett liegen – »trat aber doch darauf schnell und verlegen zurück«. Und blättert in Büchern, die ihm fremd sind, und blättert in einem Leben, das ihm so nahe ist, und sieht, wie dieses Damenleben abwärtsgegangen ist, und überblickt, wie es weitergehen wird ... Und weil man aufhören soll, wenns am besten schmeckt, geht er leise aus dem Zimmer und zieht leise die Tür hinter sich zu.

Wer hat so viel Achtung und Liebe vor fremdem Leben, vor der fremden Fülle, der Wichtigkeit der andern, den Mikrokosmen der andern ...? Wer ist dieser Hans Bötticher?

Wer? Unser Joachim Ringelnatz.

Quellenverzeichnis

Charly Brand, ahoi!, S. 9; aus: Die Woche. Nr. 29 vom 20. 7. 1907.

Die wilde Miß vom Ohio, S. 17; aus: Jugend, Nr. 22 vom 23. 5. 1910. Herausgegeben von Georg Hirth. Georg Hirths Kunstverlag, München 1910.

Fahrensleute, S. 23; Flaggenparade, S. 39; aus: Die Woge. Marine-Kriegsgeschichten. Albert Langen Verlag, München 1922.

Eheren und Holzeren, S. 47; aus: Simplicissimus. 27. Jahrgang. Nr. 33 vom 15. 11. 1922. Begründet von Albert Langen und Th. Th. Heine, Stuttgart und München 1922.

Nervosipopel, S. 53; Diplingens Abwesenheit, S. 62; Vom Tabarz, S. 75; Sie steht doch still, S. 84; Jemand erzählt von Illineb, S. 122; Durch das Schlüsselloch eines Lebens, S. 132; Änne Heringsgeschichte, S. 144; Kuttel Daddeldu erzählt seinen Kindern das Märchen vom Rotkäppchen, S. 146; Der ehrliche Seemann, S. 200; aus: Das Gesamtwerk in sieben Bänden. Herausgegeben von Walter Pape. Band 4: Erzählungen. Karl H. Henssel Verlag, Berlin 1982.

Die Walfische und die Fremde, S. 68; aus: Simplicissimus. 27. Jahrgang. Nr. 15 vom 12. 7. 1922. Begründet von Albert Langen und Th. Th. Heine, Stuttgart und München 1922.

Totentanz, S. 86; Aus dem Dunkel, S. 100; aus: Die Woge. Marine-Kriegsgeschichten. Albert Langen Verlag, München 1922.

Das – mit dem »blinden Passagier«, S. 112; aus: Die Woche. 12. Jahrgang. Nr. 44 vom 29. 10. 1910.

Das Abenteuer um Wilberforce, S. 150; Matrosen, S. 171; aus: Matrosen. Erinnerungen, ein Skizzenbuch: handelt von Wasser und blauem Tuch. Internationale Bibliothek GmbH, Berlin 1928.

Kurt Tucholsky: Ein Jeder lebts, S. 203; aus: Kurt Tucholsky. Gesammelte Werke in 10 Bänden. Herausgegeben von Mary Gerold-Tucholsky und Fritz J. Raddatz. Band 3. 1921-1924. Rowohlt Taschenbuch Verlag, Reinbek bei Hamburg 1960.